라
트
라
비
아
타

일러두기

- 이 책은 Alexandre Dumas Fils, 『*La Dame aux camélias*』(Project Gutenberg, 2000)를 참고했습니다.
- 이 책의 원제는 'La Dame aux camélias'입니다. 한국에서는 일반적으로 『춘희(椿姬)』로 알려져 있지만, '춘희'는 일본식 번역 표현이기 때문에 소설 제목보다 더 널리 알려진 오페라명 〈라 트라비아타〉를 책 제목으로 붙였습니다.

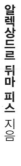

la dame aux camélias

라 트라비아타

알렉상드르 뒤마 피스 지음

살림

알렉상드르 뒤마 피스

19세기경 찍힌 알렉상드르 뒤마 피스(Alexandre Dumas fils)의 사진.

알렉상드르 뒤마

알렉상드르 뒤마 피스의 아버지 알렉상드르 뒤마(Alexandre Dumas)는 19세기 프랑스의 극작가, 소설가이며 대중적인 인기와 명성을 모두 갖춘 유명 작가다. 대표작으로 『삼총사』 『몽테크리스토백작』이 있다. 아들 뒤마 이름 뒤에 피스(fils)를 붙여 구분한다. 피스(fils)는 프랑스어로 '아들'이라는 뜻이다. 뒤마는 앞의 두 작품이 성공한 후에도 수많은 작품을 발표하여 그 당시 가장 인기 있는 작가로서 입지를 굳혔지만 사생활은 엉망이었다. 사치를 일삼았으며, 많은 여인과 추문을 뿌리며 사생아도 많이 두었다. 뒤마 피스는 아버지 뒤마에 대한 반작용인지 결혼의 신성함을 강조한 작품을 쓰기도 했으며, 뒤마 피스의 가장 재미있는 희곡으로 평가받는 『사생아(*Le Fils naturel*)』와 자신의 아버지 성격을 나름대로 해석해 극화한 『방탕한 아버지(*Un Pere Prodigue*)』도 썼다.

연극 포스터

1896년 체코 화가 알폰스 무하(Alphonse Maria Mucha)가 그린 연극 포스터다. 소설이 출판된 이후 뒤마 피스는 이 소설을 5막짜리 연극으로 개작해 소설보다 더 큰 인기를 얻게 된다. 주인공 마르그리트가 한 달 중 25일을 하얀 동백꽃을 들고 나타나는 소설 속 이야기를 포스터 왼쪽 아래에 흰 동백꽃을 들고 있는 손을 그려 넣어 표현했다.

오페라 〈라 트라비아타(*La Traviata*)〉 악보 표지

주세페 베르디(Giuseppe Fortunino Francesco Verdi)는 뒤마 피스의 연극을 보고 감명받는다. 이에 베르디는 원작을 소재로 하여 3막 4장의 오페라 『라 트라비아타』를 작곡한다. 1853년 이탈리아 베네치아에서 초연된 『라 트라비아타』는 지금까지도 사회 모순을 비판하며 '화려한 기교로 표현된 비극'이라는 찬사를 받고 있지만 초연에는 실패했다. 결국 주연배우와 시대상을 바꾸는 등 개작을 걸쳐서야 대중들의 호응을 얻으며 유럽을 넘어 미국에서까지 엄청난 흥행을 하게 된다. '라 트라비아타'는 '방황하는 여자' '타락한 여자' '버림받은 여자'라는 뜻을 지니고 있으며 여주인공 '비올레타'(소설 속 여주인공 '마르그리트')를 칭하기도 한다.

마리 뒤플레시스 초상화

소설의 주인공 '마르그리트'(Margite)의 실제 모델 마리 뒤플레시스(Marie Duplessis)의 초상화다. 뒤플레시스는 당시 파리의 사교계에서 명성을 떨쳤다. 프랑스의 문학 평론가 쥘 자냉은 그녀를 이렇게 묘사한다. "그녀의 옷 치장은 호리호리하고 젊은 자태와도 무척 잘 어울린다. 가름하면서도 아름다운 얼굴과 창백한 안색으로 그녀는 묘사할 수 없는 향기와 같은 우아함을 주변에 흩뿌린다." 뒤플레시스는 뒤마 피스와 한때 연인으로 1년간 동거했었으며, 뒤마 피스와 헤어진 후 스물셋의 나이에 폐결핵으로 죽게 된다. 뒤플레시스가 죽고 1년 뒤에 뒤마 피스는 동백꽃을 좋아하던 그녀를 생각하며 소설을 쓴다. 때문에 소설이 작가의 자전적 이야기라는 소문이 돌았으며 이는 대중들의 호기심을 자극하며 소설의 선풍적인 인기에도 영향을 미쳤다.

라 트라비아타 **차례**

제1장 · 10

제2장 · 20

제3장 · 33

제4장 · 45

제5장 · 56

제6장 · 63

제7장 · 81

제8장 · 92

제9장 · 101

제10장 · 112

제11장 · 127

제12장 · 144

제13장 · 154

제14장 · 166

제15장 · 172

제16장 · 180

제17장 · 190

제18장 · 200

제19장 · 215

「라 트라비아타」를 찾아서 · 218

제1장

나는 내 마음대로 소설 속 등장인물들을 창조해낼 수 있을 만큼 인간에 대한 연구가 깊지 못하다. 게다가 나이도 많지 않아 인생 경험도 풍부하지 못하다. 말하자면 이 이야기는 실제로 있었던 일이라는 뜻이다. 그리고 이 이야기의 여주인공을 빼놓고는 등장인물들이 모두 살아 있다는 것을 미리 말해둔다. 실제로 있었던 일의 전말을 왜 유독 나만 알게 되었으며 그 이야기를 이렇게 기록으로 남기게 되었는지 그 사연은 이 이야기를 읽어가다보면 저절로 알게 될 것이다.

1847년 3월 12일의 일이다. 나는 라피트 거리를 걷다가 경매를 알리는 노란 벽보를 우연히 발견했다. 죽은 사람이 소유하고 있던 가구와 골동품에 대한 경매가 열린다는 광고였다. 죽은 사람이 누구인지는 밝혀져 있지 않았고 16일 낮 12시부터 5시까지 안탱가(街) 9번지에서 경매가 열린다는 사실만 적혀 있었다. 또 13일과 14일에는 경매에 나올 물품들을 미리 살펴볼 수도 있다고 적혀 있었다. 나는 희귀한 골동품에 대한 관심이 많았기에 굳이 사지는 않더라도 꼭 들러보기로 마음먹었다.

바로 다음 날 나는 안탱가 9번지로 갔다. 이른 시각인데도 불구하고 사람들이 무척 많았다. 특히 고급 드레스를 입은 많은 귀부인들이 놀란 눈으로 감탄하며 호화로운 실내를 둘러보고 있는 것이 눈에 띄었다. 이보다 더한 호사를 누리고 살지도 모르는 그녀들이 왜 저렇게 감탄 섞인 눈빛을 하고 이 집의 가구들을 둘러보고 있는 것일까?

나는 그 이유를 금세 알 수 있었다. 지금 내가 보고 있는 화려한 가구들과 골동품들은 모두 뭇 남자들이 한 여자에게 마련해준 것이었다. 귀부인들은 단지 가구만 보러 왔을 뿐이라는 핑계를 대며, '도대체 그런 여자들은 어떻게 살고 있을까?' 하는 호기심을 채우려는 것이었다. 정숙한 귀부인의 신분으로는 평소에 도저히 발을 들여놓을 수 없던 곳을 둘러보며 그녀들은 그토록 소문이 자자했던 고급 창녀가 남긴 것들을 감상하고 있었던 것이다.

나도 귀부인들을 따라 이 집의 가구들과 물품들을 찬찬히 살펴보았다. 한마디로 안 갖추어진 것이 없었다. 게다가 거의 모든 것이 사고 싶은 유혹을 불러일으킬 만한 것이었다. 자단나무로 만든 고급 가구, 최고급 자기 그릇들과 중국에서 건너온 도자기 꽃병, 독일제 자기 인형, 찬란하게 빛나고 있는 온갖 금은 세공품 등 화려하기 그지없었다.

그 물품들은 모두 하나하나씩 마련된 것이 틀림없었다. 단지 한 남자의 사랑만으로 갖추기에는 불가능한 가구와 장식품 들이었다. 게다가 그토록 수많은 살림살이에는 각기 다른 이니셜과 문장(紋章)이 새겨져 있어서 내 확신을 뒷받침해주었다.

나는 이런저런 생각에 젖어 가구들을 둘러보는 일에 정신이 팔려 있었다. 그사이 시간이 꽤 지난 모양이었다. 문득 정신을 차리고 보니 그 많던 사람이 모두 사라지고 감시인인 듯 보이는 사람과 나 혼자만 그 집에 남아 있었다.

나는 그에게 다가가 말했다.

"여기 살고 계셨던 분이 누구인지 물어도 될까요?"

"마르그리트 고티에 양입니다."

아, 그녀! 내가 알고 있는 이름이었고 본 적도 있는 여자였다. 나는 놀라서 되물었다.

"아니, 돌아가신 이 집 주인이 마르그리트 고티에 양이란 말입니까? 도대체 언제 세상을 떠났습니까?"

"아마 3주 전쯤일 것입니다."

"그렇군요. 그런데 그 사람이 소유했던 물건들이 왜 이렇게 경매에 나오게 된 거지요?"

"빚이 좀 있었던 거지요. 채권자들이 경매에 내놓은 거고요. 경매가 끝나면 다 갚고도 남을 겁니다."

"그러면 남은 돈은?"

"유족으로 동생이 있습니다. 그녀 앞으로 돌아갈 겁니다."

나는 그 집을 나서며 그 여자는 분명 처량하게 죽었을 것으로 생각했다. 그 세계에서 외롭게 지내지 않으려면 건강이 필수적이다. 저렇게 젊은 나이에 몸이 아파 죽었다면 친구도 곁에 없었으리라는 생각에 나는 그녀가 불쌍하게 여겨졌다.

나는 샹젤리제 거리에서 자주 보았던 마르그리트의 모습을 떠올렸다. 그녀는 언제나 멋진 말이 끄는 2인승 사륜마차를 타고 그곳에 왔었다. 내가 그녀를 특별히 기억하는 데는 이유가 있다. 그녀에게는 그녀와 같은 부류의 여자에게서는 느낄 수 없는 기품이 있기 때문이었다. 그녀는 다른 여자들과는 비교도 할 수 없을 정도로 아름다웠으며 우아했다.

그녀의 얼굴은 아주 작았다. 하지만 마치 그녀의 어머니가 공을 들여 그렇게 만든 것처럼 매력이 있었다. 이루 말로 표현할 수 없을 정도로 우아한 달걀형 타원을 그린 후, 그 안에 새까만 눈동자를 그려 넣고, 그린 듯 단정한 활 모양의 눈썹을 그 위에 붙여보아라. 거기에, 눈꺼풀을 내리면 마치 장밋빛 뺨 위에 그림자라도 드리울 것 같은 긴 속눈썹을 덧붙이면 그녀의 눈 모양이 완성될 것이다.

그 아래, 그녀가 지닌 재기를 그대로 보여주는 곧게 뻗은 코, 그녀의 관능적 욕망을 단번에 느끼게 해주듯 살짝 벌어진 콧구멍, 반듯한 입술에 우유처럼 새하얀 이, 머리 뒤로 늘어뜨려 풍성하게 물결치고 있는 검은 머리카락을 마저 그려 넣으면 그녀의 얼굴 모습이 완성된다. 거기다 그런 일을 하는 여자에게서는 도저히 찾기 어려운 표정, 처녀 같기도 하고 아이 같기도 한 표정을 표현해낼 수 있다면 완벽한 마무리가 된다.

내가 그녀의 모습을 이렇게 상세하게 그려 보일 수 있는 것은 그날 그녀의 집에서 그녀의 초상화를 볼 수 있었기 때문이다. 초상화의 일인자인 비달이 그린 멋진 초상화였다. 나는 그

초상화를 보면서 비달이야말로 그녀의 모습을 있는 그대로 재현해낼 수 있는 유일한 화가라며 감탄했었다.

말이 나온 김에 그녀 이야기를 조금 더 자세히 해보자.

마르그리트는 극장에서 새로운 작품 공연이 있으면 첫 공연을 반드시 관람했다. 그때마다 그녀는 세 가지 물건을 1층 특별석, 자기 자리 앞에 놓아두었다. 오페라글라스와 봉봉사탕 봉지, 그리고 동백꽃 다발이었다.

그런데 그 동백꽃 색깔이 한 가지가 아니었다. 한 달 중 25일은 하얀 동백, 나머지 5일은 붉은 동백이었다. 그녀가 왜 그렇게 일정하게 동백꽃 색깔을 바꾸는지 그 이유를 아무도 몰랐으며 나도 모른다. 다만 그녀가 동백꽃 외에 다른 꽃을 가지고 다니는 경우는 없다는 것을 누구나 알았고, 그래서 사람들은 그녀를 '동백꽃 여인'이라고 불렀으며 그것은 그대로 그녀의 별명이 되었다.

누구나 알고 있듯이 마르그리트는 가장 젊고 세련된 남자들의 정부(情婦)였다. 그녀도 그런 사실을 공공연히 말하고 다녔으며 남자들도 자랑스러워했다. 그러나 그녀가 3년 전쯤, 호흡기 질환에 걸린 사람들의 요양지로 유명한 바네르로 여행을 갔다 온 이후로는 늙은 외국인 백만장자 공작 외에는 그 누구와도 사귀지 않는다는 소문이 나돌았다. 그 공작이 그녀를 그녀의 과거와 완전히 결별하게 하려고 애를 썼으며 그녀도 흔쾌히 그가 하자는 대로 하고 있다는 소문이었다.

그녀와 공작과의 관계에 대해서는 사람들이 내게 들려준 이야기를 조금 더 상세하게 여러분에게 미리 해주는 게 낫겠다.

1842년 마르그리트는 몸이 수척해질 정도로 몸이 아팠다. 그녀는 온천 치료를 해보라는 의사의 권고로 바네르로 요양을 갔다. 그런데 그 요양지에는 그 공작의 딸도 있었다. 공작의 딸도 그녀와 같은 병을 앓고 있었고, 신기하게도 둘은 자매라고 할 만큼 외모가 쏙 빼닮아 있었다. 그러나 공작의 딸은 이미 폐결핵 말기였으며 마르그리트가 그곳에 간 지 얼마 되지 않아 세상을 떠났다.

그런데 어느 날 우연히 바네르의 한 길모퉁이에서 공작은 마르그리트의 모습을 보게 되었다. 그에게는 마치 딸의 망령이 지나가는 것 같았다. 그는 무조건 그녀에게 달려가 두 손을 잡고 눈물을 흘리며 그 손에 입을 맞추었다. 그는 그녀의 신원도 묻지 않은 채, 앞으로 자신을 가끔 만나달라고 간청했다. 그리고 그녀 안에서 살아 숨 쉬는 죽은 딸의 모습을 사랑할 수 있게 해달라고 애원했다.

마르그리트는 공작의 청을 받아들였다. 하녀 한 명만 데리고 그곳에 와 있던 그녀는 자신의 정체가 탄로 날 일도 없을 것이며, 자신의 평판이 나빠질 일도 없을 것이라고 생각했다. 그리고 무엇보다도 공작의 청이 너무 간절했다.

하지만 그녀의 생각은 잘못이었다. 바네르에도 그녀를 알고 있던 사람들이 있었던 것이다. 그들은 공작을 찾아와 그녀가 어떤 사람인가를 밝혔다. 노인은 커다란 충격을 받았다. 그러나 그때 공작은 이미 그녀를 포기할 수 없는 상태였다. 그녀는 그에게 없어서는 안 될 존재가 되었으며 그가 살아갈 유일한 이유인 때문이었다.

공작은 그녀를 비난하지 않았다. 따지고 보면 그에게는 그럴 만한 권리도 없었다. 그는 그녀에게 지금까지의 생활을 바꿀 생각이 없느냐고 물었고, 만일 그렇게만 해준다면 그녀가 원하는 것은 무엇이든 해주겠다고 제안했다. 그녀는 그의 제안을 받아들였다. 더욱이 그녀는 병에 걸린 것이 지금까지의 자신의 생활 태도 때문이라고 생각하고, 자신의 삶을 바꾸고 싶기도 했다.

얼마 후 그녀는 건강을 되찾아 공작과 함께 파리로 왔으며 모든 사람의 주목 대상이 되었다. 사람들은 공작이 어떻게 하여 그녀와 관계를 맺게 되었는지 몰랐고 그냥 상식적인 차원에서 추측만 난무할 뿐이었다. 하지만 나이 든 늙은 공작이 애당초 마르그리트에 대해 품었던 애정은 딸을 향한 아버지의 애정 같은 것이었다. 그는 딸 같은 마르그리트와 부녀 간의 정신적 교감 같은 것을 나누길 원했다. 그는 그녀와 다른 식의 관계를 맺는 것은 근친상간과 다름없다고 생각했다. 따라서 그가 그녀에게 해주는 이야기들은 아버지가 딸에게 해줄 수 있는 이야기의 한도를 넘지 않았다.

나는 마르그리트를 미화하기 위하여 이 이야기를 하는 것이 아니다. 따라서 그녀가 실제로 했던 행동을 감출 생각도 없다.

그녀는 바네르에서는 공작과의 약속을 쉽게 지켰다. 하지만 파리로 돌아온 이후에는 그럴 수 없었다. 이미 방탕한 생활에 익숙해져 있었기에 정기적인 공작의 방문만 기다리며 지낸다는 것은 견딜 수 없이 따분한 노릇이었다. 게다가 여행에서 돌아온 그녀는 전보다 더 아름다웠으며 무엇보다 그녀는 아직 스무 살의 꽃다운 나이였다.

어느 날 그녀의 추문을 들추어내려고 호시탐탐 노리던 사람들이 공작을 찾아와, 그녀가 공작이 오지 않는 날 남자들을 집에 끌어들인다고 고자질했다. 공작의 추궁에 마르그리트는 솔직히 모든 것을 고백하고는 자신은 공작과의 약속을 지킬 힘이 없다고 말했다. 그리고 자신을 보살펴주는 사람을 더 이상 속이며 살 수 없다며 자신을 잊어달라고 공작에게 말했다.

공작은 일주일 동안 그녀 앞에 모습을 보이지 않았다. 하지만 그뿐이었다. 8일째 되던 날 공작은 그녀를 찾아와 다시 만나달라고 사정했다. 그리고 자신을 만나주기만 하면 그녀가 무슨 짓을 하든 상관하지 않겠다고 했다. 이상이 마르그리트가 파리로 돌아온 지 3개월째 되는 1842년 11월 말과 12월 초까지의 이야기다.

제2장

다시 현재로 돌아오자. 나는 1847년 3월 16일 오후 1시에 안탱가 9번지로 갔다. 집 정문 가까이 이르자 경매인이 외치는 소리가 들렸다.

사람들이 북적이고 있었다. 귀족 부인들도 있었고 파리의 화류계에서 이름을 날리고 있는 여자들은 거의 다 왔다고 해도 과언이 아니었으며, 저명한 귀족 나리들도 있었다. 모두들 신이 나서 떠들고 있었다. 개중에는 죽은 여자를 잘 아는 사람들이 많았을 터이지만, 죽은 여자를 생각하는 사람은 아무도 없었을 것이다.

경매는 그 여자가 숨을 거둔 침실 바로 옆에서 거행되고 있었다. 나는 그 소란한 곳으로 조용히 들어갔다.

옷, 가구, 보석 들이 순식간에 팔려나갔다. 나는 물건을 사러 왔다기보다는 구경하러 온 셈이었기에 그런 것들에는 큰 관심 없이 그냥 구경만 하고 있었다. 그때였다. 내 귀가 번쩍 뜨이는 경매인의 고함 소리가 들렸다.

"제본이 아주 잘된 책 한 권! 테두리에 금박을 입힌『마농 레스코』입니다. 속표지에 메모가 있습니다. 자, 10프랑부터 출발합니다."

누군가 손을 들어 '12'라고 말했다. 나는 손을 들어 '15'라고 말했다. 내가 왜 그랬는지는 나도 잘 모르겠다. 아마 속표지에 메모가 있다는 말에 끌렸는지도 모른다.

그러자 첫 응찰자가 가격을 30프랑으로 올렸다. 나는 35프랑으로 올렸고 그와 나 사이에 입찰 경쟁이 벌어졌다. 결국 가격은 내가 100프랑을 부를 때까지 올라갔고 나는 낙찰을 받았다. 나는 기껏해야 10프랑 내지 15프랑이면 살 수 있는 책을 100프랑에 낙찰받음으로써 뭇 사람들의 주목을 받았다. 하지만 내가 왜 그 책을 군이 그렇게 비싼 값에 구입하려 기를 쓰고 나섰는지는 정작 나 자신도 이해할 수 없었다. 아마 나중에는 순전히 오기가 발동했다고 보는 게 옳을 것이다.

나중에 책을 건네받고 나는 책장을 펼쳐보았다. 첫 페이지에

이 책을 보낸 사람의 헌사가 적혀 있었다.

마농이 마르그리트에게
머리를 숙이며

그리고 그 끝에 '아르망 뒤발'이라는 서명이 있었다.

마농이 마르그리트에게 한 수 위라고 인정하고 머리를 숙이다니? 이게 도대체 무슨 뜻일까? 물론 나는 아베 프레보의 『마농 레스코』를 이미 읽은 터였다. 가슴 뭉클해지게 감동을 받아서 세세한 부분까지 다 기억하고 있다. 죄 많은 여인 마농은 황야에서 쓸쓸하게 죽었지만 사랑하는 남자의 품에 안겨 죽었다. 남자는 눈물을 쏟으며 홀로 마농의 무덤을 팠고 그 무덤 속에 자신의 마음, 자신의 사랑을 묻었다. 마르그리트도 마농만큼, 아니 어찌 보면 그녀보다 훨씬 더 죄 많은 여인이다. 마르그리트도 마농처럼 회개하면서 죽었는지도 모른다. 하지만 그녀는 황량한 벌판에서 죽은 것이 아니라 호화와 사치 한가운데서 죽었다. 그런데 그녀가 마농보다 한 수 위라니? 그녀가 마농보다 더 방탕했다는 뜻일까? 그녀가 마농보다 더 진실하게 누구를 사랑했다는 뜻일까? 하지만 전자의 의미로 이런 헌사를 쓰지는 않았을 것이다. 그렇다면 마르그리트는 그런 생활을 하면서 그 누군가를 진정으로 사랑했다는 말인가? 만일 그렇다면 아르망 뒤발이 바로 그녀가 사랑했던 남자인가? 아르망 뒤발은 누구인가?

하지만 나는 질문을 그 정도에서 접었다. 내가 궁금해한다고 풀릴 문제도 아니었으며 사실은 그렇게 오래 궁금해할 문제도 아니었다.

경매는 이틀 만에 끝났다. 매상은 15만 프랑에 이르렀고 그중 3분의 2가 채권자들 몫으로 돌아갔으며 나머지 5만 프랑은 마르그리트의 유일한 유족인 여동생 몫이 되었다. 가난하게 지내던 이 시골 아가씨는 그 재산이 어떻게 마련된 것인지 아무것도 모른 채, 하루아침에 부자가 되었다. 그리고 그것으로 그만이었다. 온갖 일이 다 벌어지는 파리에서 그 일은 곧 사람들 뇌리에서 사라졌으며 나도 거의 다 잊다시피 지냈다.

어느 날 아침이었다. 내가 살고 있는 아파트 수위가 내 집으로 들어오더니 명함 한 장을 내밀었다. 아파트 입구에 누군가 나를 찾아와 내게 해줄 말이 있다고 한다는 것이었다. 명함을 보니 '아르망 뒤발'이라는 이름이 적혀 있었다.

나는 처음에는 '아르망 뒤발이 누구지? 모르는 사람인데'라고만 생각했다. 그러다 문득 생각이 떠올랐다.

'아, 『마농 레스코』 속표지에 적혀 있던 이름이로구나. 그렇다면 그 책을 마르그리트에게 선물했던 사람이로군. 이 사람이 내게 무슨 볼일이 있는 거지?'

나는 수위에게 그 사람을 안내해 오라고 했다.

잠시 후, 금발에 얼굴이 창백한 큰 키의 청년이 들어섰다. 그는 먼지투성이 여행용 옷을 입고 있었다. 아마 파리에 도착한 이후 솔질 한 번 하지 않은 것 같았다.

그는 몹시 흥분해 있었다. 그는 굳이 그런 모습을 감추려 하지 않은 채 눈물을 글썽이며 내게 말했다.

"이런 꼴로 갑자기 찾아뵈어서 죄송합니다. 저처럼 젊은 분이라 이해해주실 것 같았습니다. 실은 오늘 중으로 꼭 뵙고 싶어 호텔에 짐만 먼저 보낸 채 이렇게 실례를 하게 되었습니다. 혹시 외출이라도 하셨으면 어쩌나 하는 생각에 이렇게 이른 시각에 찾아온 겁니다."

그는 내가 권하는 대로 난로 옆 의자에 앉더니 주머니에서 손수건을 꺼내 눈물을 닦았다.

"생면부지의 남자가 이렇게 찾아와 훌쩍거리고 있으니 정말 끝이 말이 아닙니다. 하지만 제가 긴히 부탁드릴 게 있어서……."

순간 내게, 잠시 잊고 있었던 궁금증이 되살아났다. 게다가 청년의 인상에서는 진정성이 묻어 나오고 있어서 그의 비통함을 함께 나누고 싶은 생각이 들게 만들었다.

나는 그에게 말했다.

"어서 말씀해보세요. 제가 들어드릴 수 있는 일이라면 얼마든지 들어드리지요."

"마르그리트 고티에 양의 경매에 가신 적이 있으시지요?"

그 말과 함께 그는 다시 한번 울컥하는 감정의 동요를 느꼈는지 두 손으로 얼굴을 가렸다.

"네, 그렇습니다. 뭐든 말씀해보세요. 당신의 슬픔을 덜어드릴 수 있는 일이라면 기꺼이 하겠습니다."

그러자 그가 말했다.

"그 경매에서 책을 한 권 사셨지요? 『마농 레스코』 맞지요?"

"네, 그렇습니다."

"혹시 그 책을 아직 가지고 계신지요?"

"물론이지요. 침실에 놓아두었습니다."

그 말만으로도 그는 적이 안심이 되는 모양이었다. 나는 즉시 침실로 가서 책을 가져와 그에게 건네주었다.

"오, 맞아요. 바로 이 책입니다."

그는 책장을 넘겨 첫 페이지의 헌사를 보았다. 그리고 책장을 한 장 한 장 넘겼다. 눈물이 한두 방울 펼쳐진 책 위에 떨어졌다.

그가 고개를 들어 나를 바라보더니 말했다.

"정말 이런 말씀을 드려도 되는지 모르겠습니다. 이 책을 제게 양보해주실 수 없는지요? 너무 노골적이라서 죄송합니다."

나는 그의 말이 끝나자마자 말했다.

"바로 당신이 이 책을 마르그리트 고티에 양에게 선물하신 거지요? 맞지요?"

"그렇습니다."

"그렇다면 이 책의 임자는 당신입니다. 어서 가져가세요. 당신에게 돌려줄 수 있어서 나도 무척 기쁩니다."

"정말 감사합니다. 하지만 경매에서 당신이 지불한 금액은 제가 당신께 드리겠습니다."

"그러실 필요 없습니다. 고작 책 한 권인데…… 얼마에 구입했는지 기억도 안 납니다."

"100프랑이었을 텐데요."

그는 아마 파리에 늦게 도착하는 바람에 경매에 참석할 수 없었고, 뒤늦게 경매인들에게 물품을 산 사람들 목록을 보여달라고 했을 것이다. 그리고『마농 레스코』를 100프랑에 구입한 내 이름을 발견했을 것이다. 그는 그 책을 그렇게 비싼 값에 구입한 내가 마르그리트와 그렇고 그런 사연을 쌓은 사람은 아닌지 두려웠을 것이다.

나는 그런 눈치를 채고 황급히 그를 안심시켰다.

"나는 마르그리트 고티에 양을 그냥 먼발치에서 몇 번 본 적이 있는 정도입니다. 경매에서 무언가 하나 사고 싶었는데 어떻게 이 책에 열을 올리다 보니 값이 그렇게 된 겁니다. 아마 경쟁자 약을 올리는 게 재미있었는지도 모르지요. 자, 이 책은 당신 것입니다. 돈 대신 당신의 우정을 받고 싶습니다."

"그렇다면 감사하게 받겠습니다. 혹시 제가 쓴 헌사를 읽으시고 의아하게 생각하시지는 않으셨는지요?"

"당신이 마르그리트 양을 얼마나 특별하게 생각하는지 알 수 있었습니다. 흔히 볼 수 있는 헌사가 아니었으니까요."

"정말입니다. 그녀는 정말 특별한 여자였습니다. 그녀는 천사였습니다. 혹시 바쁘지 않으시다면 이 편지를 읽어보시겠습니까?"

말과 함께 그는 내게 편지 한 장을 내밀었다. 수없이 여러 번 읽은 흔적이 역력했다. 나는 그것을 펼쳐 읽었다.

사랑하는 아르망, 당신이 보낸 편지는 잘 받았어요. 당신이 아직 제게 상냥하신 걸 하느님께 감사드려요.

내 사랑, 나는 병에 걸렸어요. 치명적인 병이에요. 하지만 당신이 여전히 나를 생각해주신다니 고통이 훨씬 줄어드는 것 같아요. 당신이 보내준 편지에 쓴 당신의 말들이 곧 내 마음의 치료제예요. 하지만 그 편지를 쓴 당신의 손을 다시 잡을 수 있는 날이 다시는 오지 않겠지요? 죽을 날은 가까워오는데 당신은 그토록 멀리 떨어져 있으니 말이에요.

당신은 내가 당신을 용서할 수 있느냐고 물었지요? 아아! 물론이지요. 모두 용서하고 말고요. 당신이 내게 좀 야속했던 건 사실이지만 다 나를 사랑했다는 증거잖아요. 저는 한 달 전부터 침대에 누워 있지만 당신에게 제 마음을 전하고 싶어 매일 일기를 쓴답니다. 당신과 헤어진 그날 이후로 단 하루도 빼놓지 않으려고 노력했어요.

아르망, 당신이 만일 파리로 돌아오신다면 쥘리 뒤프라

를 찾으세요. 아픈 내 곁에서 끝까지 나를 간호해준 사람은 쥘리밖에 없어요. 쥘리가 당신에게 내 일기를 건네줄 거예요. 당신과 나 사이에 왜 그런 일이 벌어졌는지, 내가 왜 그렇게 할 수밖에 없었는지, 그걸 보면 다 알 수 있을 거예요. 당신이 내 일기 속에서 당신을 향한 내 사랑을 다시 확인하게 되면, 그것만으로도 나는 영원히 위안을 얻을 수 있을 거예요.

당신이 언제나 나를 떠올릴 수 있도록 당신에게 유품이라도 하나 남기고 싶어요. 하지만 그럴 수가 없어요. 채권자들이 모든 것을 다 압류하고 단 한 가지도 내가 처분할 수 없게 만들었어요. 감시인도 붙여놓았고요.

사랑하는 아르망, 경매일에는 꼭 와주세요. 그리고 무언가 사주세요. 저는 당신을 위해 작은 것 하나라도 떼어놓을 수가 없으니까요. 그걸 보면서 저를 기억해주세요.

오, 인생은 정말 너무 슬퍼요. 당신을 보지도 못하고 영영 헤어져야만 한다니!

아아, 하느님께서 당신과 딱 한 번만이라도 만날 수 있게 해주신다면! 하지만 하느님이 어찌 저 같은 여자의 기도를 들어주시겠어요? 이제 마지막 작별 인사를 나누어야겠네요.

안녕, 내 사랑! 이제 더 이상 쓸 수가 없어요. 의사들이 나
를 치료한다며 피를 너무 많이 뽑아가니 이제 편지 쓸 힘
도 없네요.

마르그리트 고티에

마지막 부분은 없는 힘을 다 쥐어짜서 쓴 듯 거의 글씨를 알
아볼 수 없을 정도였다. 나는 편지를 다 읽은 후 아르망에게 돌
려주었다. 그는 내가 편지를 읽는 동안 그도 그 편지 내용을 다
시 마음속으로 떠올리고 있었던 것 같다. 내가 건네준 편지를
받으며 그가 말했다.

"믿으실 수 있겠어요? 수많은 사람이 살림을 차려준 여자가
쓴 편지라는 것을? 아아, 저는 그녀를 다시는 만날 수 없어요.
아아, 그녀가 내게 해준 일을 생각한다면! 그런 사람을 이런 식
으로 죽게 하다니! 저는 저를 절대로 용서할 수 없어요! 아아,
죽어버렸어요. 죽어버렸다고요! 나를 생각하고, 내 이름을 쓰
며! 오, 가여운 내 마르그리트!"

나는 그가 비탄에 빠지도록 내버려두었다. 내가 해줄 말은 아무것도 없었고 입바른 위로나 동정을 그에게 던지고 싶은 심정도 아니었다. 그러자 약간 마음을 가다듬은 듯 그가 말을 이었다.

"그런 여자가 죽은 걸 두고 내가 이렇게 비탄에 젖는 걸 보면 세상 사람들은 저를 바보 같다고 손가락질하겠지요. 하지만 내가 그녀를 얼마나 괴롭혔는지, 내가 그녀에게 얼마나 잔인했는지, 그런데도 그녀가 그 모든 것을 얼마나 부드럽게 참고 견뎌주었는지 사람들이 안다면! 나는 내가 그녀를 용서해주어야 하는 줄 알고 있었습니다. 하지만 이제는 그녀가 나를 아무리 용서해주어도 나는 그런 용서를 받을 자격이 없다는 걸 알았습니다. 아아, 잠시라도 좋으니 그녀에게 용서를 빌며 발아래서 울 수만 있다면!"

"무어라 드릴 말씀이 없습니다. 다만 제가 당신과 조금이라도 가까운 사이가 되어서 당신을 위로해드릴 수 있었으면 하는 마음뿐입니다. 제게 당신이 왜 그렇게 슬퍼하는지 말씀을 해주지 않으시겠습니까? 마음속 괴로움을 털어놓으면 어느 정도 위로가 되기 마련이니까요."

"정말 감사합니다. 하지만 오늘은 그냥 마구 울고 싶을 뿐입니다. 하지만 언젠가는 반드시 이야기를 해드리지요. 다음에 다시 찾아와도 좋다는 허락만 해주십시오.”

그는 인사를 하고 밖으로 나갔다. 창문을 내다보니 그가 마차에 오르는 모습이 보였고, 마차에 오르자마자 와락 눈물을 쏟으며 손수건에 얼굴을 묻는 게 보였다.

제3장

그 뒤로 얼마 동안 나는 아르망을 만나지 못했다. 나는 아르망을 만난 후 마르그리트에 대한 호기심이 너무 커져서 만나는 친구마다 그녀에 대해 물어보고 다녔다.

대부분의 친구들은 내가 마르그리트 고티에라는 여자에 대해 물으면, 그녀 별명이 '동백꽃 여인'이라는 것, 다른 여자들보다 재기가 넘치고 인정도 많았다는 것, 남자들이 돈을 엄청나게 쓰도록 만들어 여러 사람을 파산시켰다는 것 등등 비슷한 이야기를 해주었다. 하지만 내가 관심 있었던 것은 그녀와 아르망의 관계였다.

어느 날 나는, 화류계에서 이름을 날리는 여자들과 가까이 지내는 친구에게 다시 그녀에 대해 물어보았다.

"자네, 마르그리트 고티에란 여자에 대해 알고 있나?"

"암, 아름다운 데다 우아한 여자였지. 죽어버려서 정말 안타까워."

나는 그가 남들보다 좀 더 자세히 알 것 같아 물었다.

"혹시 그녀에게 아르망 뒤발이라는 애인이 있지 않았나?"

"금발의 키 큰 남자?"

"맞아. 그 사람은 도대체 누구인가?"

"재산도 변변치 못한 남잔데, 그나마도 그 여자와 지내면서 탕진해버려서 결국 헤어졌다고 하더군. 듣기로는 그녀도 그에게 반했다고 하던데, 그런 여자들이 반하는 건 빤한 것 아니겠나? 둘이 시골에서 한 5~6개월 함께 살았지? 하지만 마르그리트가 파리로 돌아온 이후로는 어디론가 사라져버렸어."

그 친구에게서 들을 수 있는 정보는 그게 다였다.

나는 은근히 아르망이 다시 찾아오기를 기다렸지만 그는 좀처럼 모습을 나타내지 않았다. 그러자 그가 내 앞에서 보인 비탄의 모습이 은근히 의심스러워지기 시작했다.

'혹시 마르그리트가 죽었다는 소식을 들은 지 얼마 되지 않았기에 옛사랑을 부풀려 생각하며 괴로워한 것은 아닐까? 그렇다면 지금쯤은 그런 것 다 잊고 일상으로 돌아갔는지도 몰

라. 아마, 다시는 내 앞에 나타나지 않을 거야. 자기가 그런 모습을 보인 게 스스로도 쑥스러울 테니 다시 나타날 리가 없어.'

하지만 다시 그날의 그의 모습을 생각하면서 나는 생각을 달리했다. 그날 그가 보인 비탄은 결코 일시적 흥분 상태에서 보일 수 있는 정도가 아니었다.

'혹시 너무 슬퍼하다가 큰 병에 걸린 건 아닐까? 혹시 너무 심한 병에 걸려 죽은 건 아닐까? 그래서 내게 다시 못 오는 게 아닐까?'

그런 생각이 들자 궁금해서 견딜 수 없었다. 단순히 그 청년이 염려되어서 궁금한 것만은 아니었다. 마르그리트와 아르망 사이에는 꼭 무슨 감동적인 이야기가 숨어 있는 것만 같았다. 내가 그의 소식을 듣고 싶어 안절부절못한 것은 그 내용을 알고 싶다는 호기심 때문이기도 했다.

나는 내가 직접 그를 찾아가기로 결심했다. 주소를 알아낼 길은 없었으므로 실마리라도 잡겠다는 기분으로 나는 안탱가 9번지 집으로 가보기로 했다. 그 집 수위라면 아르망이 어디 있는지 알 것 같았다.

하지만 그곳에 찾아가 보니 이전 수위는 바뀌고 새로운 수위가 있었다. 나는 그에게 마르그리트 양이 어디 묻혔는지 물었다. 수위는 몽마르트르 묘지라고 가르쳐주었다.

나는 몽마르트르 묘지로 찾아갔다. 때는 4월이었다. 사람들이 성묘를 자주 오는 계절이었고 아르망이 마르그리트를 그토록 못 잊어하면 반드시 그녀의 묘지를 자주 찾으리라는 것이 내 생각이었다. 나는 우선 관리인을 만나보고 그녀의 무덤까지 안내해줄 사람이 없겠느냐고 물었다. 관리인이 정원사를 불러 그 묘지까지 나를 안내해줄 수 있겠느냐고 묻자 그가 대답했다.

"그 묘지라면야 쉽게 안내해드릴 수 있습죠."

"어째서죠?"

내가 물었다.

"다른 무덤과는 다른 꽃들이 놓여 있으니까요."

길을 몇 번 꺾어 들어가더니 정원사가 멈춰 서며 하얀 대리석을 가리켰다. 묘지는 철제 울타리로 경계 지어 있었으며 그곳에는 하얀 동백꽃들로 뒤덮여 있었다.

"젊은 분이 동백꽃이 시들면 새 꽃으로 바꿔달라고 부탁해서 제가 갈아놓고 있지요. 그분 말고는 찾아오신 분이 없습니다."

"그분이 자주 오시나요?"

"한 번 찾아오시고는 아직 안 왔습니다. 하지만 돌아오시면 또 오시겠지요. 여간 서럽게 우시던 게 아니던데요."

"어디 여행이라도 간 모양이지요?"

"예, 고인의 동생에게 다녀온다고 하더군요. 묘지를 옮기려고 허락을 받으러 간다고 했습니다."

"왜 이장하려 하는지 이유를 말하던가요?"

"이 묘지는 5년 임대 계약이 되어 있으니 영구 임대가 가능한 좀 더 넓은 묘지로 옮기려는 모양입니다."

나로서는 알 만한 것은 다 알아낸 셈이었다. 내 짐작대로 아르망은 일시적으로 흥분했던 것이 아니었다. 나는 혹시 하는 마음에 정원사에게 물었다.

"혹시 아르망 씨의 주소를 아십니까?"

"네, ○○거리에 삽니다. 제가 꽃값을 받으러 가봤습니다. 왜, 만나보시려고요?"

"네."

"분명 아직 돌아오시지 않았을 겁니다. 만일 돌아오셨다면 이곳에 안 오실 리가 없지요."

"그토록 애절한 사이로 보이던가요?"

"그럼요. 그분이 이장을 원하는 이유도 실은 고인의 얼굴을 한 번 더 보고 싶어서랍니다."

나는 얼핏 무슨 말인지 알아들을 수 없었다. 그러자 정원사가 자세히 말해주었다.

"그분이 묘지에 오셔서 제일 먼저 한 말이 뭔지 아세요? '아아, 그녀의 얼굴을 한 번만이라도 다시 볼 수 있었으면!'이었답니다. 그러려면 이장 말고 다른 방법이 있겠습니까? 그래서 이장 허가를 받기 위한 절차를 내가 다 알려주었고 그 허락을 받기 위해 고인의 여동생을 찾아간 겁니다. 허락을 받고 돌아오시면 제일 먼저 이곳으로 오실 겁니다."

나는 정원사에게 고맙다고 말한 후 얼마간 돈을 손에 쥐어주었다. 나는 정원사와 헤어진 후 묘지를 나서서 그가 가르쳐준 주소대로 아르망의 집을 찾아갔다. 하지만 그는 집에 없었다. 나는 그에게 돌아오는 대로 한번 만나자는 쪽지를 남기고 집으로 돌아왔다.

다음 날 아침 아르망 뒤발 씨로부터 서신이 왔다. 어젯밤 너무 늦게 돌아왔으며 너무나 지쳐 외출하기가 힘들다는 사연과 함께, 부디 자신의 집으로 찾아와주었으면 하는 내용이었다.

나는 곧바로 그를 찾아 나섰다. 그는 편지에서 말한 대로 몸져누워 있었다. 그의 손을 잡으니 열이 펄펄 나서 뜨거울 정도였다.

나는 내가 그녀의 무덤에 찾아갔던 일, 정원사에게 들은 이야기들을 그에게 해주었다.

그러자 그가 내게 말했다.

"그 무덤을 보셨군요. 제대로 손질은 해주고 있던가요?"

그 말을 하면서 굵은 눈물방울이 그의 눈에서 흘러내렸다. 그가 부끄러운 듯 고개를 돌렸기에 나도 못 본 척 슬쩍 화제를 바꾸었다.

"3주간 여행을 하신 셈이군요."

"네, 정확히 3주였지요. 아아, 하지만 3주 동안 내내 여행을 한 게 아니었습니다. 2주 이상은 앓아누워 있었지요. 그렇지 않았다면 벌써 돌아왔을 것을……."

"그렇다면 병이 다 낫지도 않았는데 무리해서 돌아왔다는 말이네요. 이제는 몸조리를 해야지요."

"아닙니다. 일어나야 합니다. 경찰서로 가서 이장 신고를 해야 합니다."

"그러다가는 병이 더 도집니다. 다른 사람에게 맡기고 푹 쉬세요."

"이게 제 병을 고치는 유일한 방법입니다. 그녀를 한 번 꼭 봐야 해요. 그녀의 무덤을 본 이후에는 제가 잠을 못 이루고 있습니다. 헤어질 때 그토록 아름답던 그녀가 이 세상에 없다는 게 도무지 상상이 되지 않아서입니다. 내 눈으로 직접 확인하기 전에는 받아들일 수가 없습니다. 변해버린 그녀 모습을 보면 이 슬픈 추억도 사라질지 모를 일 아니겠습니까?"

나는 문득 전에 그가 보여준 마르그리트의 편지가 생각나서 그에게 물었다.

"참, 그녀가 말한 쥘리는 만났습니까?"

"물론이지요."

"그러면 마르그리트가 당신에게 남긴 일기를 받으셨겠군요."

"네, 받았습니다. 여기 있습니다."

그는 베개 밑에서 두루마리를 꺼내어 내게 보여준 후 다시 그 밑에 넣었다.

"저는 이 내용을 거의 다 외우고 있습니다. 3주 동안 매일 몇 번이고 반복해서 읽었으니까요. 언젠가는 당신도 한번 읽어주시기 바랍니다. 그러면 당신이 저를 더 잘 이해하실 수 있게 되겠지요. 그런데 정말 죄송하지만 한 가지 부탁을 좀 드려도 될까요?"

"말씀해보십시오."

"밖에 마차를 대기해놓으셨지요? 우체국에 가서서 제 앞으로 혹시 편지가 와 있는지 물어봐주시겠습니까? 여기 제 신분증이 있습니다. 분명히 아버지와 여동생이 제 앞으로 편지를 보냈을 텐데 너무 급히 출발하느라 확인하지 못했습니다. 그리고 돌아와서는 보시다시피 이렇게 앓아눕는 바람에 그만……편지를 가지고 돌아오신 다음에는 이장 신고를 하러 경찰서에 같이 가주셨으면……."

그는 이제 나를 완전히 신뢰하고 있었다. 아니, 신뢰 정도가 아니라, 나 이외에는 믿고 이야기를 나눌 사람이 없는 듯 여기는 것 같았다.

나는 그에게 여권을 받아들고 장 자크 루소 거리로 갔다. 그의 말대로 편지가 두 통 와 있었다. 편지를 가지고 돌아오니 그는 외출 준비를 마치고 나를 기다리고 있었다. 그는 편지를 뜯었지만 읽지는 않고 그대로 집어 넣었다. 우리는 함께 경찰서로 가서 이장 신고 절차를 마쳤고 이장은 다음 날 오전 10시로 정해졌다. 나는 오전 9시에 그의 집으로 가서 그를 묘지로 데려가기로 약속한 후 집으로 돌아왔다. 집으로 돌아온 후 나는 나도 모르게 흥분되어 잠을 이룰 수 없었다.

다음 날 9시에 나는 그의 집으로 갔다. 그의 얼굴은 무서울 정도로 창백했지만 들떠 있지는 않았다. 그의 손에는 두터운 편지가 들려 있었다. 아마 아버지에게 쓴 답장인 것 같았다. 집을 나선 지 30분 만에 우리는 몽마르트르 묘지에 도착했다. 경찰은 이미 그곳에서 우리를 기다리고 있었다. 우리는 마르그리트의 무덤을 향해 천천히 걸음을 옮겼다. 경찰이 맨 앞에서 걷고 아르망과 내가 그 뒤를 따랐다. 아르망은 입을 굳게 다문 채 아무 말이 없었고 이따금 나를 보며 미소를 지을 뿐이었다. 하지만 내가 잡고 있는 그의 팔은 마치 경련이라도 일 듯이 떨리고 있었다. 나도 가슴이 조이는 것 같은 긴장감을 느끼고 있었다.

우리가 무덤에 도착했을 때는 이미 두 남자가 땅을 파고 있었다. 아르망은 나무에 기대어 그 광경을 가만히 바라보고 있었다. 이윽고 인부가 삽으로 무덤의 흙을 파서 조금씩 밖으로 던지더니 이어서 관을 덮고 있던 자갈들을 하나씩 밖으로 던졌다.

아르망은 지금이라도 당장 그 자리에서 쓰러질 것 같았지만 눈은 뚫어져라 관을 응시하고 있었다. 뺨과 입술이 희미하게 떨리고 있었다.

관을 완전히 파내자 경찰이 뚜껑을 열라고 인부에게 지시했다. 인부들이 힘들여 뚜껑을 열자 관 속에 향기 나는 식물을 깔아놓았는데도 불구하고 악취가 피어올랐다. 아르망은 얼굴이 더욱 창백해진 채 입으로 "오, 하느님!"만을 중얼거리고 있었다.

이윽고 관 뚜껑이 열렸고 인부들마저 비틀거리며 뒤로 물러섰다. 시신을 덮은 커다란 염포에 신체 곡선이 또렷이 드러났다. 좁먹은 천 끄트머리로는 여자의 발끝이 살짝 드러나 있었다. 나는 현기증이 나서 그 자리에 쓰러질 것만 같았다.

경찰이 서두르라고 말하자 인부가 시체를 싸고 있던 염포를 풀기 시작했다. 이어서 마르그리트의 얼굴이 드러났다.

보기만 해도 무서운 모습이었다. 두 눈은 그저 휑하니 뚫린 구멍일 뿐이었다. 입 부분 살점은 거의 없어져 굳게 악문 하얀 이가 훤히 모습을 드러내고 있었다. 관자놀이에 달라붙은 푸석푸석한 머리칼이 광대뼈를 뒤덮고 있었다. 하지만 나는 이 흉한 모습에서 몇 번 본 적이 있는 장밋빛 아름다운 얼굴을 알아볼 수 있었다. 아르망은 그 얼굴에서 눈을 돌리지 않고 손수건을 입에 댄 채 이를 악물고 있었다.

경찰이 아르망에게 말했다.

"틀림없습니까?"

"네."

그는 다 꺼져가는 목소리로 대답했다.

제3장

"그럼 덮개를 덮고 운반해주게."

경찰이 인부들에게 말했다.

인부들은 시체를 다시 염포로 덮은 후 관 뚜껑을 닫고 관을 지정된 장소로 옮기기 시작했다. 아르망은 아무 말도 없이 텅 빈 무덤을 향하여 시선을 내리꽂고 있었다. 그의 얼굴빛은 마치 시신처럼 창백했다.

나는 이쯤에서 아르망을 데리고 가는 게 낫겠다고 생각하고 경찰에게 양해를 구했다. 그리고 거의 넋이 나간 아르망을 마차가 기다리고 있는 곳까지 겨우 데려왔다. 그의 이가 계속 딱딱 부딪쳤으며 손은 차가웠고 온몸에 경련을 일으키고 있었다.

그의 집에 도착했을 때도 그의 상태는 조금도 좋아지지 않았다. 나는 심부름꾼 손을 빌려 겨우 그를 침대에 눕힌 후 급하게 의사에게 달려갔다.

왕진을 온 의사에게 내가 어떠냐고 묻자 그가 말했다.

"뇌막염입니다. 뇌막염에 걸린 게 차라리 천만다행입니다. 내가 장담하지만 그 병에 걸리지 않았다면 정신이 온전치 못하게 되었을 겁니다. 적당한 때가 되면 몸의 병이 마음의 병을 진정시킬 것입니다. 한 달쯤 지나면 아마 몸도 마음도 다 낫게 되겠지요."

제4장

아르망이 앓고 있는 병은 어찌 보면 아주 명쾌했다. 죽지 않으면 낫는다고 했으니 그보다 명쾌할 수가 없었다.

그 일이 있은 지 보름 정도 지나자 아르망은 회복기에 접어들었다. 그사이 우리는 깊은 우정으로 맺어졌다. 그가 앓아누워 있는 동안 내가 그의 병상을 거의 떠나지 않았던 것이다. 창밖으로는 봄이 푸른 잎과 꽃, 새들의 노랫소리를 사방으로 퍼뜨리고 있었다. 의사로부터 일어나도 괜찮다는 허락을 받자 나와 아르망은 정오 무렵부터 두 시간 정도 창가에 앉아 이야기를 나누었다.

하지만 나는 마르그리트 이야기는 가능한 한 피했다. 겨우 평온해지기 시작한 그에게 다시 슬픈 과거의 기억을 되살릴까

봐 걱정이 되었기 때문이었다. 그러나 기우였다. 전과는 달리 그는 그녀 이야기를 하면서 오히려 즐거운 표정을 지었다. 전처럼 눈물을 글썽이지도 않았고 얼굴에 온화한 미소가 떠오르기까지 했다. 나는 이제 그의 정신 상태에 대한 걱정을 완전히 덜었다.

그를 죽음 직전의 상태까지 몰고 갔던 묘지에서의 광경은 분명 그를 온통 뒤흔들었다. 그것은 그의 정신에게는 일종의 한계였음에 틀림없었다. 고통의 한계였으며 슬픔의 한계였고 어찌 보면 삶 자체의 한계였다. 그 어떤 고통도 그가 겪은 극한의 정신적 고통보다 심할 수는 없었다. 그 고통을 겪고 나니 그에게 마르그리트의 죽음 자체의 의미가 달라진 것 같았다. 그녀의 죽음은 그를 고통스럽게 했지만 동시에 그를 새롭게 태어나게 했다. 그녀의 죽음을 두 눈으로 직접 확인하면서 겪은 고통은 그가 이전에 결코 맛보지 못했던 위안의 길로 그를 인도했다.

어느 날 우리는 여느 때보다 늦게까지 창가에 앉아 있었다. 태양이 황금빛으로 빛나는 노을 속에 잠겨 서서히 내려가고 있는 아주 아름다운 날이었다. 가끔씩 마차 소리만 들려올 뿐 우리의 조용한 대화를 방해하는 것은 아무것도 없었다.

아르망은 조용히 추억에 잠겨 말했다.

"마르그리트를 만났을 때도 꼭 이런 날이었어요."

나는 잠자코 그의 이야기에 귀를 기울였다.

그가 말을 이었다.

"나는 이 이야기를 꼭 당신에게 해주어야겠어요. 당신이 이 이야기를 책으로 내주었으면 해요. 사람들이 믿을 수 없는 이야기이겠지만, 글로 쓰면 재미있는 이야깃거리가 되겠지요."

내가 그에게 몸이 다 나은 다음에 천천히 해도 되지 않겠느냐고 말했지만, 그는 오늘 밤은 충분히 이야기할 만한 힘이 있다며 이야기를 시작했다.

그래요, 꼭 오늘 같은 밤이었어요.

나는 친구인 가스통 R과 함께 몽마르트르 거리에 있는 바리에테 극장에 갔어요. 막간을 이용한 휴식 시간에 우리는 복도에서 한 키 큰 여자와 스쳐 지나가게 되었어요. 가스통이 그녀에게 인사를 건네더군요. 그녀가 멀어지자 내가 가스통에게 물었어요.

"지금 그 여자 누구야?"

"자네도 알잖아? 마르그리트 고티에야."

"정말? 너무 변한 것 같아서 몰라봤어."

제4장

"병에 걸렸거든. 참 안됐어. 아마 얼마 살지 못할 거야."

그 말을 듣고 내 심장이 얼마나 쿵쾅거리며 동요를 느꼈는지 모르겠습니다.

복도에서 우연히 만난 여자가 몸이 아프다는 이야기를 듣고 마음의 동요를 느끼다니 이상하다는 생각이 들지요? 사실은 2년 전부터 그녀를 볼 때마다 내게 이상한 느낌이 들기 시작했던 겁니다. 이유도 모르는 채 낯이 화끈거리고 심장이 두근두근했던 겁니다. 나는 내가 마르그리트와 사랑에 빠지게 될 운명임을 처음부터 느꼈다고 말해주고 싶어요.

내가 그녀를 처음 본 것은 부르스 광장에 있는 한 고급 옷 가게 앞에서였습니다. 포장을 접은 사륜마차가 가게 앞에 멈추더니 하얀 옷을 입은 여자가 가게로 들어가더군요. 나는 그녀가 가게로 들어갔다 나올 때까지 그 자리에 못 박힌 듯 서 있었어요. 창문을 통해 그녀가 옷을 고르는 모습을 멍하니 훔쳐보고 있었던 거지요. 너무 세련된 옷차림이었습니다. 옷자락에 장식이 잔뜩 달린 모슬린 드레스를 입고 있었으며 끝자락에 금실로 수를 놓은 숄을 걸치고 있었어요. 이탈리아제 모자를 쓰고 팔에는 사슬 금팔찌를 차고 있었습니다.

잠시 후 그녀가 가게에서 나와 다시 마차에 올라 가버리자 나는 가게로 들어가 점원에게 그녀의 이름을 물었습니다.

"마르그리트 고티에 양입니다."

나는 주소까지 묻고 싶었지만 차마 그러지는 못하고 그곳을 떠났습니다. 하지만 이후 그녀의 환상은 내게서 떠나지 않았습니다. 어디를 가건 흰옷을 입은, 우아하고 아름다운 그녀의 모습을 나도 모르게 눈으로 찾게 되었던 것입니다.

그 뒤 그녀의 모습을 다시 본 것은 오페라 코믹 극장에서였습니다. 어느 날 그곳에서 걸작을 상연한다기에 나는 에르네스트라는 친구와 함께 극장에 갔습니다. 그런데 무대 앞 특별석에 그녀가 앉아 있는 게 눈에 띄었습니다.

그때였습니다. 마르그리트가 오페라글라스로 우리가 있는 쪽을 보다가 내 친구의 모습을 발견했습니다. 둘이 이미 아는 사이였던지 그녀가 내 친구를 향해 자기 쪽으로 오라고 손으로 신호를 보냈습니다.

에르네스트가 내게 말했습니다.

"잠깐 저 여자랑 인사 좀 나누고 올게. 금방이면 될 거야."

나는 나도 모르게 그에게 말했습니다.

"자네는 참 행복하겠어. 저 여자를 만나러 갈 수 있으니."

그가 나를 보고 말하더군요.

제4장

49

"자네, 저 여자에게 마음이 있는 거야?"

"아니, 그냥 알고 지내면 어떨까 싶어서."

나는 얼굴을 붉히며 대답했어요. 사실 나는 그녀의 어떤 점이 좋은지, 그녀를 향한 내 감정이 어떤 건지 나 자신도 잘 모르고 있었거든요. 내가 느끼고 있던 건 그냥 막연한 예감 비슷한 것일 뿐이었어요.

친구가 내게 말했어요.

"그럼 같이 가지. 내가 소개해줄 테니."

"하지만 나를 만나줄 건지 먼저 물어보지도 않았잖아."

"이런! 상관없어. 저런 여자들에게 그런 예의를 차릴 필요는 없는 거야. 자, 같이 가자고."

그 말에 나는 정말 가슴이 아팠습니다. 그 여인에게 내 마음을 바칠 가치가 없다고 내 친구가 선언하는 것 같았기 때문입니다.

남자란 이상한 존재입니다. 사신이 진정으로 갈망하는 것이 너무 쉽게 제 손에 들어올까봐 두려워하는 게 남자란 존재입니다. 그녀를 그토록 만나고 싶어했던 나였는데, 이제는 '그녀가 나를 너무 쉽게 받아들이면 어떻게 하지?'라는 걱정이 앞섰던 것입니다. 아마 친구의 입에서 "저 여자를 그렇게 쉽게 소개해줄 수 없어. 저 여자가 얼마나 까다로운데"라는 말이 나왔더라면 나는 더 안심했을지도 모릅니다. 혹은 "저 여자가 오늘 밤네 여자가 될 수 있어. 대신 내일이 오기 전에 넌 죽게 될 거야"라고 말했다면 나는 자신 있게 "그래도 상관없어"라고 대답하며 가슴이 설레었을 것입니다. 하지만 "200프랑이면 저 여자는네 여자가 될 거야"라는 대답을 들었다면 나는 내 꿈이 무너지는 것 같은 기분을 느꼈을 것입니다.

하지만 내 마음은 이미 그녀에게 사로잡혀 있었습니다. 나는에르네스트에게 나를 소개해주어도 괜찮은지 허락을 받아오라고 말했습니다. 잠시 후 그가 다시 내게 오더니 말했습니다.

"그녀가 자네를 기다리고 있어."

"혼자서?"

"아니, 다른 여자도 한 명 함께 있어. 이런, 자네 표정이 왜 이래? 뭐 이렇게 긴장하고 있는 거야? 자네, 내가 소개해주려는 여자가 뭐 하는 여자인지는 알고 있지? 무슨 공작부인이나 되는 것으로 착각하지 마. 기껏해야 뭇 남자들이 살림을 차려줘서 살아가는 여자야. 그러니 너무 어렵게 생각할 필요 없어."

그와 함께 특별석으로 가보니 마르그리트는 함께 있는 여자와 즐겁게 떠들고 있었습니다. 나는 내심 그녀가 뭔가 슬픈 얼굴을 하고 있기를 기대했으니, 스스로 생각해도 참 어처구니없는 생각이었지요.

친구가 나를 소개하자 그녀는 내게 고개를 한 번 까딱하더니 옆에 있는 여자와 뭐라고 귓속말을 나누더군요. 그러더니 둘이서 까르르 웃음을 터뜨렸습니다. 나 때문에 웃는다는 게 너무 뻔했습니다. 나는 당혹스러운 표정으로 어쩔 줄 모르고 서 있었습니다. 그녀는 나 따위는 아랑곳하지도 않고 건포도와 봉봉 사탕을 먹고 있었습니다.

우리가 자리에 앉자 나를 그녀에게 소개해준 친구가 그녀에게 말했습니다.

"마르그리트, 뒤발 씨가 아무 말도 못 하고 있잖아. 당신이 너무 당황하게 만들어서 그런 거야."

"그러게 누가 이분을 억지로 데리고 오라고 그랬나요?"

그 말에 나는 잠자코 있을 수가 없었습니다.

"나는 억지로 온 게 아닙니다. 만일 그랬다면 당신이 나를 만날 의향이 있는지 알아봐달라고 이 친구에게 부탁하지도 않고 바로 왔을 겁니다."

"그거야 뭐, 나를 만나면 당황하게 될 테니까, 그걸 좀 늦춰보려고 그런 거겠지요."

그녀는 말끝마다 나를 약 올렸습니다. 당신이 마르그리트 부류의 여자들과 만난 경험이 조금이라도 있다면 그녀들에게는 처음 만나게 된 남자들을 살살 약 올리며 즐거워하는 성향이 있다는 것을 알 겁니다. 아마 평소에 남자들에게 받은 굴욕을 그런 식으로 되갚아주는 거겠지요.

보통 남자였다면 그냥 버릇이나 습관 정도로 알고 대수롭지 않게 받아치는 걸로 끝났겠지요. 하지만 나는 그러지 않았습니다. 나는 그녀의 말을 진지하게 받아들였고, 그녀의 농담이 내 마음에 상처를 주었습니다. 나는 그 자리에서 벌떡 일어나 말했습니다.

"부인, 나를 그런 정도 사람으로 생각하셨다면 다시는 이런 모습을 보이지 않겠습니다. 나의 무례를 용서해주시길 바라며 이만 실례하겠습니다."

나는 특별석 밖으로 나와버렸습니다. 등 뒤로 큰 웃음소리가 들렸습니다. 자리에 와서 앉으니 내 친구가 곧 따라왔습니다. 그 친구에게 핀잔을 들은 건 물론이었습니다.

"자네가 가고 나니 자네처럼 이상한 남자는 본 적이 없다고 하더군. 하지만 실수했다고 자책할 필요는 없어. 다만 그런 여자들이 하는 말을 그렇게 진지하게 받아들이지는 말라고. 자네,

제4장

53

아주 정중하게 예의까지 차리더군. 흙탕물에 뒹구는 개에게 향수를 뿌릴 필요는 없지 않은가?"

"충고는 고맙지만 이젠 상관없는 일이야. 두 번 다시 그 여자를 만날 일은 없을 거야."

"정말 그럴까? 혹시 그녀 때문에 자네가 알거지가 되었다는 소식을 듣게 되는 거 아냐?"

다행히 막이 올라 그의 입을 막아주었습니다.

"정말 그럴까?"라는 그의 말은 사실이었고 내 말은 거짓이었습니다. 치사한 짓이었지만 그날 나는 그녀를 태운 마차가 떠나자 마차를 타고 뒤를 밟았습니다. 그리고 그녀가 안탱가 9번지에 살고 있다는 것을 알아냈습니다. 하지만 그뿐이었습니다. 더 이상 어쩔 방법이 없이 막연히 그녀가 살고 있는 집만 알아냈을 뿐이었던 거지요.

그날 이후 극장이나 샹젤리제에서 그녀의 모습을 자주 볼 수 있었습니다. 그녀는 언제나 활기에 차 있었습니다. 그리고 그 모습을 볼 때마다 내 가슴은 무너져 내리는 것 같았지만, 다만 그뿐, 아무것도 내가 할 수 있는 일은 없었습니다.

그런데 약 보름 전부터 그녀의 모습이 보이지 않았습니다. 내 친구 가스통에게 그녀가 보이지 않으니 어찌 된 일이냐고 물으니 그가 대답했습니다.

"안됐지만 병에 걸렸다나봐. 폐병이래. 그런 식으로 생활을 하니 아무리 가벼운 병이라도 나을 리 없지. 몸져누워 있나봐."

사람 마음이란 참으로 기묘하기 짝이 없습니다. 그녀가 몸져 눕게 되었다는 말을 듣고 마음속으로 얼마간 기뻐했으니까요. 그날 이후 나는 거의 매일 안탱가 9번지를 찾아갔습니다. 수위에게 그녀의 몸 상태를 묻기 위해서였지요. 하지만 나는 내 이름도, 명함도 남기지 않았습니다. 그러던 어느 날 나는 그녀가 바네르로 요양차 떠났다는 사실을 알게 되었습니다.

그런 후 나도 여행을 떠나게 되었고, 매일 만나는 사람들, 해야 할 일들에 묻혀 그녀에 대해 처음 느꼈던 강렬한 인상이 조금씩 희미해졌습니다. 그렇게 2년이 흘렀습니다. 그리고 결국 바리에테 극장에서 그녀가 내 옆을 스쳐갔을 때도 누구인지 알아보지 못했던 것입니다. 그때 그녀는 베일을 쓰고 있었습니다. 그렇더라도 2년 전이었다면 단박에 알아보았을 것입니다.

어찌 되었건 그녀가 바로 마르그리트임을 알게 된 순간, 내 심장은 두근거리기 시작했습니다. 그녀를 못 보고 지냈던 2년의 세월은, 그녀의 드레스가 내 곁을 스친 바로 그 순간, 마치 신기루처럼 지워져버렸습니다.

제4장

제5장

아르망은 잠시 뜸을 들이더니 이야기를 계속해나갔다.

나는 내가 마르그리트를 여전히 사랑하고 있다는 것을 더욱
확실하게 깨달았습니다. 게다가 내 마음이 전보다 더 굳건해졌
다는 것도 느낄 수 있었습니다.

극장 안으로 들어간 나는 극장 안을 돌아보며 그녀가 특별석
어디에 앉아 있는지 확인한 후 일반석 내 자리로 돌아왔습니
다. 그녀는 1층 특별석에 혼자 앉아 있었습니다. 그녀와 극장에
서 처음 대면했을 때와는 너무 변한 모습이었고, 입가에 흐르
던 특유의 미소도 보이지 않았습니다. 그만큼 병으로 고통스러
웠던 겁니다. 4월이 다 되었는데도 그녀는 아직 겨울 벨벳 드레

스를 입고 있었습니다.

이어서 막이 올랐습니다. 마르그리트는 언제나 그렇듯이 연극에는 별로 집중하는 것 같지 않았습니다. 나도 그녀에게만 정신이 팔려 있었습니다. 그런데 그녀가 맞은편 특별석에 앉아 있는 어떤 사람과 눈짓을 주고받는다는 것을 알게 되었습니다. 그쪽으로 눈길을 주고 바라보니 나와 허물없이 지내는 여자의 모습이 보였습니다. 예전에는 화류계 생활을 했지만 여배우가 되려다 실패하고 지금은 옛날에 알고 지냈던 남자들 도움으로 모자 가게를 하고 있는 프뤼당스 뒤베르누아라는 여자였습니다. 그녀는 몸이 뚱뚱한 40대 여자였습니다. 나는 이거 정말 잘 되었다고 생각했습니다.

'그래, 프뤼당스를 이용해 그녀에게 접근하는 거야.'

나는 그녀가 내가 있는 쪽으로 눈길을 돌린 순간, 그녀에게 손짓과 눈짓으로 인사를 보냈습니다. 내 예상대로 그녀는 나를 자기가 앉은 특별석으로 불렀습니다. 연극은 거의 끝나가고 있었습니다.

그녀 옆으로 간 내가 그녀에게 물었습니다.

"누구와 그렇게 눈짓을 하는 겁니까?"

"마르그리트 고티에야."

제5장

"잘 아시는 사이인가 보지요?"

"아주 친해. 단골손님이고 집도 바로 옆이거든."

나는 염치 불구하고 단도직입적으로 말했습니다.

"부인, 제게 저 여자를 소개해주실 수 있어요?"

"그러면 이리로 오라고 할까?"

"아니, 여기서가 아니라 저 여자 집에서요. 부인과 이웃이니까요."

"그건 좀 어려워."

"왜요?"

"마르그리트는 어떤 공작의 보호를 받으면서 살고 있거든. 나이가 많은 데다 질투도 심해."

"보호라니요? 그게 무슨 뜻이에요?"

"보호면 보호지 무슨 다른 뜻이 있나? 하지만 마르그리트는 참 안됐어. 공작은, 애인으로 삼기에는 너무 늙었고 몸도 안 좋으니."

그녀는 내게 마르그리트가 공작과 만나게 된 경위를 설명해 주었습니다. 나는 그녀에게 다시 물었습니다.

"아, 그래서 저 여자가 여기 혼자 와 있는 거군요. 그렇다면 돌아갈 때 누가 데려다주나요?"

"공작이 와서 데려갈 거야. 조금 있으면 올 거야."

"그럼 부인은 제가 모셔다드릴게요. 제 친구와 함께. 재치도 있고 매력적인 친구예요. 이 기회에 알고 지내면 좋을 거예요."

그녀는 선선히 응낙했습니다. 내가 그녀의 특별석에서 나가려는 순간 그녀가 내게 목소리를 높여 말했습니다.

"어머, 저것 봐. 공작이 벌써 왔네."

나는 눈길을 그쪽으로 돌렸습니다. 70쯤 돼 보이는 노인이 그녀에게 봉봉사탕 봉지를 건네는 게 보였습니다. 그녀는 노인과 뭔가 이야기를 나누고 있었는데 아무리 보아도 연인처럼 보이지는 않았습니다.

내가 자리에 와서 가스통에게 프뤼당스와 나눈 이야기를 전하자 그는 순순히 동의했습니다. 우리는 마차를 타고 프뤼당스의 집으로 가서 함께 안으로 들어갔습니다. 그녀의 집으로 들어가니 나는 마르그리트와 한결 가까워진 것 같은 기분이 들었습니다.

나는 기회를 봐서 마르그리트에 대한 이야기를 꺼냈습니다.

"지금 그 공작이 마르그리트의 집에 있을까요?"

"아닐걸. 아마 마르그리트 혼자일 거야."

"지루하겠네요."

제5장

"그래서 거의 매일 밤 나랑 지내. 마르그리트는 새벽 2시까지는 잠을 거의 이루지 못해. 병 때문에 날마다 열에 시달리거든."

"애인은 없나요?"

"내가 마르그리트 집에서 나올 때 누구랑 함께 있는 걸 본 적은 없어. 하지만 내가 돌아온 뒤에 누가 왔다 갔는지도 모르지. 한동안 G 백작이 그녀에게 푹 빠져 있다는 소문이 돌기도 했고, 그녀에게 목매달고 있던 L 자작이 파산 직전까지 가는 바람에 낙향했다고도 해. 또 가끔 N 백작과 문간에서 마주친 적은 있어. 온갖 보석을 갖다 바치면서 마르그리트를 구슬리고 있나봐. 하지만 마르그리트는 N 백작 얼굴은 보기도 싫다는 거야. 미련하게 왜 그러는지 모르겠어. 엄청난 부잣집 도련님인데…… 내가 마르그리트에게 너랑 잘 어울린다고 아무리 충고를 해주어도 소용이 없어. 게다가 그 늙은 공작은 마르그리트를 딸이네 어쩌네 하면서도 날마다 감시한다니까. 하인 한 놈이 길거리를 어슬렁거리면서 그 집을 감시하는 걸 내가 다 알고 있지."

그때였습니다. 마르그리트가 프뤼당스를 부르는 소리가 들렸습니다. 바로 이웃집이어서 목소리로 부를 수 있었던 거지요.

그러자 프뤼당스 뒤베르누아 부인이 우리에게 말했습니다.

"자, 이제 그만 돌아들 가세요."

가스통이 웃으며 말했습니다.

"거참! 부인께서 손님 대접 한번 잘하시네요. 돌아갈 때가 되면 어련히 돌아갈까봐."

그때 프뤼당스를 부르는 마르그리트의 목소리가 또 들렸습니다. 그러자 프뤼당스는 화장실로 뛰어갔습니다. 나와 가스통이 뒤따라가보니 마르그리트가 창문을 열고 고개를 내밀고 있었습니다.

"벌써 10분 전부터 불렀는데 뭐 하고 있었던 거예요?"

마르그리트의 볼멘 목소리였습니다.

"무슨 일로 그러는데?"

"얼른 와줘요. N 백작이 아직도 안 가고 버티고 있단 말이야. 정말 지겨워 죽겠어."

"미안하지만 지금은 안 돼."

"왜 안 돼요?"

"젊은 친구 두 명이 우리 집에 와 있는데 돌아가주질 않아."

"누군데요?"

"아마 한 명은 알 거야. 가스통 R 씨."

"그 사람은 알아요. 그럼 또 한 사람은요?"

"아르망 뒤발 씨라고 하는데, 모르지?"

"몰라요. 그 사람들하고 함께 와요. 아무려면 N 백작보다는 나을 거 아녜요."

우리는 프뤼당스를 따라 계단을 내려갔습니다. 나는 무척 떨고 있었습니다. 무언가 내 인생에 커다란 일이 벌어질 것 같은 예감이 들었습니다. 오페라 코믹 극장 특별석에서 그녀를 처음 소개받던 그날보다 훨씬 더 떨렸습니다. 이윽고 우리는 당신도 잘 아는 바로 그 집, 안탱가 9번지 집 앞에 서서 초인종을 눌렀습니다. 아파트 정문을 거쳐 안으로 들어가자 하녀처럼 보이는 여자가 현관문을 열어주었고 우리는 응접실을 거쳐 거실로 들어갔습니다. 피아노 소리가 들리고 있었지요.

안으로 들어가니 한 젊은이가 벽난로에 몸을 기대고 서 있었고 마르그리트는 피아노 앞에 앉아 있었습니다. 피아노를 치다가 우리가 들어오니 멈춘 것 같았습니다. 어쨌든 뭔가 분위기가 어색했습니다. 우리가 들어서자 마르그리트는 프뤼당스에게 눈짓으로 고맙다는 표시를 한 후 우리에게 인사했습니다.

"어서 오세요, 신사분들. 잘 오셨어요."

제6장

가스통과 마르그리트는 서로 반갑게 인사를 나누었습니다. 그런 후 가스통이 그녀에게 말했습니다.

"내 친구 아르망 뒤발 군을 소개해도 될까요?"

그녀가 좋다고 하자 내가 말했습니다.

"마르그리트 양, 실은 2년 전인가 이미 소개받은 적이 있습니다."

그녀는 눈을 깜빡이며 기억을 되살려보려 하는 듯했지만 성공하지는 못했습니다. 혹은 생각나지 않는 척했는지도 모르지요. 그래서 내가 다시 말했습니다.

"잊어주셨다니 저로선 감사할 일입니다. 제가 너무 바보 같은 모습을 보였으니까요. 2년 전 오페라 코믹 극장에서 제 친구에르네스트의 소개로 인사를 나눈 적이 있습니다."

그제야 마르그리트가 생각이 난 듯 웃으며 말했습니다.

"아, 생각나요. 하지만 당신이 바보 같았던 게 아니에요. 제가 짓궂었을 뿐이에요. 저를 용서해주시겠어요? 저도 모르게 처음 만난 사람에게는 그렇게 짓궂게 구는 나쁜 버릇이 있답니다. 의사 선생님 말로는 제가 몸이 아파서 그렇다니까 너그럽게 봐주세요."

"실은 당신이 아프다는 걸 저도 알고 있었습니다. 당신 건강이 어떤지 궁금해서 가끔 당신 집을 찾아오기도 했었습니다."

"하지만 뒤발 씨 명함은 제가 한 번도 받은 적이 없는데요."

"한 번도 명함을 두고 온 적이 없었습니다."

"그럼 당신이 바로 그분인가요? 날마다 병문안을 왔으면서 이름은 밝히지 않고 돌아갔다는 분이?"

"그렇습니다."

그녀는 내 말을 N 백작을 쫓아낼 기회로 삼은 것 같았습니다. 그녀가 백작에게 말했습니다.

"백작님, 이분은 정말 마음이 따뜻하신 분이지요? 백작님이라면 그렇게까지 하시겠어요?"

그러자 백작이 대답했습니다.

"내가 당신을 알게 된 게 이제 겨우 두 달밖에 안 됐잖아."

"이분은 저랑 안 지 5분밖에 안 되었었어요. 백작님은 정말 바보 같은 소리만 골라서 하시네요."

정말 냉혹한 한마디였습니다. 나는 백작이 불쌍했습니다. 그래서 마르그리트에게 말했습니다.

"아무래도 우리가 실례가 된 것 같습니다. 저는 처음 뵈었을 때 일은 잊어주셨으면 해서 이렇게 온 겁니다. 이쯤에서 저희는 물러가겠습니다."

"아니에요. 제발 더 계셔주셨으면 해요."

N 백작은 눈치가 있는 사람이었습니다. 그는 회중시계를 보더니 "이제 클럽에 갈 시간이로군"이라고 말하며 자리에서 일어났습니다. 그러자 마르그리트가 재빠르게 말했습니다.

"그럼 안녕히 가세요."

정말 냉정하고 어찌 보면 잔혹하기도 했습니다. 하지만 N 백작은 그녀가 내민 손에 입을 맞춘 후 순순히 밖으로 나갔습니다.

그가 나가자 마르그리트가 마치 큰 짐이라도 덜은 듯 큰 소리로 말했습니다.

"드디어 갔네. 어휴, 정말 지긋지긋해. 자, 이제 우리끼리 남

제6장

65

았으니 밤참이라도 먹어요."

그때 내 마음이 어땠을까요? 그녀가 너무 냉정하다고 생각했을까요? 아닙니다. 그녀가 한층 더 돋보였을 뿐입니다. 그녀는 내 앞에서 욕심 없는 모습, 천진난만한 모습을 보여주었으니까요. 그녀가 지겹다며 물리친 남자는 기품 있는 부잣집 도련님이었고 그녀를 위해서는 빈털터리가 될 각오가 되어 있는 남자였습니다. 그녀와 같은 식의 생활을 하고 있는 여자라면 누구나 '그런 사람의 사랑 한번 받아보았으면'이라며 눈독을 들일 만한 남자였지요. 그런데 그녀는 그를 받아들이지 않았습니다. 그녀가 아직 악덕에 물들지 않은 순수한 면을 지니고 있다는 것을 내게 보여준 거지요.

그렇습니다. 그 순간 나는 알았습니다. 그녀를 사랑하는 남자는 수없이 많지만 그녀가 진심으로 사랑하는 남자는 아직 한 명도 없다는 것을. 그녀는 순수한 여자이며 어쩌다 실수로 이런 생활을 하게 되었다는 것을. 그 어떤 계기만 있다면 언제고 순수한 여자로 되돌아갈 수 있다는 것을. 그녀에게는 자존심도 있고 독립심도 있다는 것을.

내가 그런 내 마음을 모두 내 두 눈에 담아 그녀를 보고 있었던 모양입니다. 그녀가 갑자기 내게 말했습니다.

"어쩜 그렇게 매일 제 안부를 물으러 오실 수 있어요? 제가 뭐로 보답을 해드려야 하지요?"

"가끔씩 당신을 만나러 올 수 있도록 해주시면 됩니다."

"물론이지요. 5시에서 6시 사이나, 밤 11시에서 12시 사이에는 언제든 와주세요."

얼마 후 하녀 나닌이 들어와 밤참이 준비되었다고 알렸고 우리는 모두 식당으로 갔습니다. 나닌도 우리와 자리를 함께 했습니다. 벌써 새벽 1시였습니다.

우리는 식탁에 둘러앉아 큰 소리로 웃고 떠들면서 실컷 먹고 마셨습니다. 하지만 정확히 말하자면 웃고 떠든 건 나를 제외한 그들 네 명이었습니다. 나는 웃고 떠드는 그들의 분위기에 함께 하지 못했습니다. 분위기가 무르익고 너도나도 유쾌해지자 제 낯이 화끈거리는 이야기가 오간 것입니다. 나로서는 입에 담기 어려운 천박하고 음란한 이야기들이 그들 입에서 막 튀어나왔고 마르그리트는 환호성을 지르며 즐거워했습니다. 나도 술기운을 빌려 그 분위기에 끼려고 노력했지만 도저히 그러지 못했습니다. 아름다운 스무 살 여인이 막노동꾼처럼 술을 마시면서 화제가 아슬아슬해질수록 더욱 자지러지게 웃어대는 모습이 왠지 서글프게 느껴졌기 때문이었습니다.

제6장

게다가 그들 네 명은 함께 떠들며 즐기고 있었지만 마르그리트에게서는 세 명과 다른 느낌을 확실히 받았습니다. 마르그리트를 제외한 세 명은 정말 쾌활하게 그 분위기를 즐기고 있었습니다. 하지만 그녀는 뭔가 현실을 잊고 싶다는 생각에 조금은 억지로 그 분위기를 즐기는 것 같았습니다. 게다가 그녀가 앓고 있는 병, 그 병으로 인해 생긴 열 때문에 더 흥분하는 것 같았고 그럴수록 더 신경이 날카로워져서 더욱더 과도하게 이야기에 끼어드는 것 같았습니다.

그녀는 샴페인을 마시면 마실수록 뺨이 더 붉어졌습니다. 술 때문만은 아니었습니다. 온몸에 열이 치솟아 그렇게 된 것입니다. 게다가 처음에는 가볍게 기침을 하더니 결국은 의자 등받이 뒤로 고개를 젖히고 손으로 가슴을 억눌러야 할 정도로 기침이 심해졌습니다.

결국 내가 걱정하던 일이 벌어졌습니다. 저러다 가슴이 찢어지지나 않을까 걱정이 될 정도로 거의 발작적으로 기침을 하기 시작한 겁니다. 얼굴이 온통 새빨갛게 된 마르그리트는 괴로운 듯 냅킨을 입에 대고 있었습니다. 그런데 그 냅킨이 빨간 핏방울로 물드는 게 아니겠습니까? 그녀는 자리에서 벌떡 일어나더니 화장실로 뛰어 들어갔습니다.

나는 너무 놀라 "아니, 도대체 왜?"라고 소리쳤습니다. 그러자 프뤼당스가 아무렇지도 않다는 듯 말했습니다.

"너무 웃어서 피를 토한 것뿐이야. 별일 아니야. 늘 저러니까. 금방 돌아올 테니 그냥 내버려두면 돼. 저 애도 그러기를 바랄 거고."

하지만 나는 그대로 있을 수 없었습니다. 나는 그 자리에서 벌떡 일어났습니다. 깜짝 놀라 나를 불러 세우려는 프뤼당스와 나닌을 뒤로하고 나는 마르그리트의 뒤를 따라갔습니다.

그녀는 화장실에서 나와 방으로 뛰어 들어갔습니다. 탁자 위에 촛불 하나만이 켜진 방이었습니다. 그녀는 드레스를 풀어 헤친 채 큰 소파에 누워 있었습니다. 한 손으로는 가슴을 누르고 있었고 다른 손은 힘없이 아래로 늘어뜨리고 있었습니다. 막힌 숨이라도 뚫으려는 듯 자주 긴 한숨을 토해냈습니다. 그때 탁자 위에 놓인 세숫대야가 내 눈에 들어왔습니다. 세숫대야에는 물이 반쯤 차 있었으며 물 위는 피로 번져 있었습니다.

내가 다가가도 그녀는 꼼짝도 하지 않았습니다. 나는 그녀 곁에 앉아 밑으로 늘어진 손을 잡았습니다.

"아, 뒤발 씨!"

그녀가 미소 지으며 말하더니 기침 때문에 나온 눈물을 손수건으로 닦았습니다.

나는 용기를 내어 하고 싶은 말을 그녀에게 했습니다. 내 목소리는 떨리고 있었습니다.

"계속 이러다가는 죽을지 몰라요. 아아, 저는 당신의 친구나 가족이 되고 싶어요. 만일 그렇다면 이런 식으로 몸을 망치는 생활을 당장 그만두라고 이야기할 수 있을 테니까요."

그러자 그녀가 날카로운 목소리로 말했다.

"그런 걱정은 하지도 마세요. 나는, 내가 어떻게 되어도 신경쓰는 사람이 하나도 없는 사람이에요."

그녀는 소파에서 일어나더니 내 손을 잡고 다시 식탁으로 가자고 말했습니다. 나는 그녀의 손을 잡고 입을 맞추었습니다. 나도 모르게 눈물이 흘러나와 그녀의 손등을 적셨습니다. 그녀는 다시 내 곁에 앉더니 말했습니다.

"어머, 어린아이 같아요. 왜 우시는 거예요?"

"내가 바보처럼 보일 겁니다. 하지만 당신이 괴로워하는 모습을 보니 나도 괴로워서 견딜 수가 없습니다."

"뒤발 씨는 정말 마음씨가 고운 분이에요. 하지만 나보고 어쩌라는 거지요? 나는 좀처럼 잠을 잘 수가 없어서 억지로라도 기분 전환을 해야만 해요. 이러다가 나 한 사람 죽는다고 해서 무슨 문제가 되겠어요. 의사 선생님은 내가 기관지염 때문에 피를 토한대요. 나는 그 말을 믿는 척하는 거 외에는 할 수 있는 게 아무것도 없어요."

그녀의 말에 나는 나 자신을 억누르지 못하고 속에 간직하고 있던 말을 털어놓고 말았습니다.

"마르그리트, 나는 당신이 앞으로 내 인생에 어떤 영향을 끼칠지 모릅니다. 하지만 당신은 내게 소중한 사람이 되었습니다. 이제까지 저는 제 누이동생만 신경 쓰며 살았습니다. 하지만 이제는 당신이 그 자리를 대신하게 되었습니다. 당신을 처음 본 순간부터 그렇게 되었습니다. 제발 지금 같은 생활을 그만두고 당신 몸에 대해 신경을 써주십시오."

"내 몸에 신경을 쓰라고요? 그러다간 더 일찍 죽고 말 거예요. 열에 들떠 있는 이런 생활만이 나를 지탱해줄 수 있어요. 게다가 나는 내 몸을 소중히 여길 필요도 없는 사람이에요. 그런 이야기는 가족과 친구가 있는 사교계 부인들에게나 어울릴 이야기예요. 나 같은 여자는 남자들의 허영심이나 쾌락을 채워줄 뿐이에요. 그렇지 못하게 되면 바로 버려질 뿐이에요."

"그래서 제가 당신의 가족이 되겠다는 겁니다. 내가 당신 친오빠가 되겠어요. 내가 당신 곁을 떠나지 않고 당신을 보살피겠어요. 그리고 당신 병을 낫게 해주겠어요. 그런 후에도 계속 이런 생활을 하고 싶다면 다시 시작하면 되잖아요."

"뒤발 씨, 정말 말이라도 고마워요. 하지만 지금 술기운에 감정이 북받쳐서 하시는 소리일 뿐이에요. 금세 싫증이 날걸요."

"마르그리트, 당신이 두 달 앓아누워 있는 동안 내가 매일 찾아왔었다고 했지요? 내가 왜 내 명함을 건네지 않았는지는 모르지요? 당신이 아직 나를 모르는 상태였기에 예의를 갖추려고 했던 겁니다. 한 여성에게 신사로서 갖추어야 할 도리를 다하고자 한 것입니다. 저는 앞으로도 그 마음으로 당신을 대할 겁니다."

"나를 정상적인 사람으로 여기고 돌봐주시겠다는 건가요? 도대체 무슨 감정에서 그러실 수 있다는 거지요?"

"헌신의 마음입니다."

"헌신이요? 왜요? 왜 헌신하는 거지요?"

"아무리 억누르려 해도 억누를 수 없이 당신을 연민하기 때문입니다."

"아, 나를 사랑한다는 말이군요. 그렇다면 얼른 알아듣기 쉽게 말하지 그랬어요? 하지만 절대로 그런 말은 하지 마세요. 그래 봤자 앞길은 빤해요. 딱 두 길밖에 없거든요."

"두 길이라니요?"

"내가 당신의 고백을 받아들이지 않으면 당신은 나를 원망하게 될 거예요. 그게 첫 번째 길이지요. 만일 내가 당신 고백을 받아들이면 당신에게 형편없는 애인이 생기게 되지요. 그게 두 번째 길이에요. 내가 얼마나 형편없는 여자인지 자세히 말해줄까요? 신경질적인 데다 병까지 앓고 있는 여자, 쾌활한 척하고 있지만 사실은 우울한 여자, 그 쾌활함이 자기 자신이나 보는 이를 더 서글프게 만드는 여자, 피를 토하면서도 1년에 10만 프랑이나 써버리는 헤픈 여자, 그게 바로 나예요. 이런 여자는 공작처럼 돈 많은 노인에게는 어울리지만 당신처럼 젊은 사람에게는 골치만 아플 뿐이에요. 그래서 한때 내 애인이었던 사람들은 다 내 곁을 떠나갔어요."

나는 그녀의 고백을 듣고 한마디도 할 수 없었습니다. 그녀를 가리고 있는 화려한 베일 속에 감추어진 애처로운 삶, 그런 현실을 잊으려고 더 방탕에 빠져드는 가여운 여자의 참회에 가까운 고백 앞에 나는 깊은 충격을 받았던 것입니다.

내가 가만히 있자 그녀가 다시 식당으로 돌아가자고, 다들 우리를 기다리고 있을 거라고 말했습니다. 하지만 나는 다시 그곳으로 돌아가서 그녀가 보여줄 쾌활한 모습을 더 이상 보고 있을 수 없을 것 같았습니다. 나는 다시 힘을 내서 그녀에게 말했습니다.

"마르그리트, 한마디만 하게 해주세요. 당신이 자주 들은 이야기라서 지겨울 테지만 내 진심을 전하지 않고는 못 배기겠습니다. 두 번 다시 이런 이야기는 하지 않을 겁니다."

"뭔데요?"

그녀가 바보 같은 자기 자식에게 보내는 것과 같은 미소를 지으며 말했습니다.

"나도 왜 이렇게 되었는지 모르겠지만 당신을 처음 본 순간부터 당신은 내 삶의 한 부분이 되었습니다. 내 마음에서 당신을 내쫓으려 아무리 애를 써도 늘 제자리걸음입니다. 당신을 2년이나 보지 못하고 지냈지만 다시 당신의 모습을 보니 그런 내 마음은 한결 더 확고해졌습니다. 그리고 당신이 당신의 참모습을 내게 보여준 지금, 당신은 내게 없어서는 안 될 존재가 되었습니다. 당신이 나를 사랑해주지 않는다면, 또 내가 당신을 사랑할 수 없게 된다면 나는 미쳐버릴 것입니다."

"당신, 어쩌다 그런 불행한 길로 접어든 거지요? 당신은 아시나요? 내가 한 달에 6~7천 프랑이나 쓰고 있다는 사실을? 내 생활을 유지하려면 그만큼의 돈이 필요하다는 것을? 불쌍한 사람 같으니! 제발 생각해보세요. 나는 눈 깜짝할 사이에 당신을 빈털터리로 만들어버릴 거예요. 당신 가족들은 당신에게 금치산자 선고를 내릴 거예요. 그러면 당신은 금세 나 같은 여자와 살면 어떻게 되는지를 뼈저리게 느끼게 될 거예요. 그러니 제발 친구 이상은 요구하지 마세요. 나도 뒤발 씨를 친구로 대하겠어요. 그러니 그저 나를 만나러 와서 웃고 떠들면 돼요. 내게 그 이상을 요구하지도 말고, 나라는 여자를 부풀려 생각하지도 마세요. 나는 그냥 이런 여자일 뿐, 당신이 생각하는 그런 값어치는 지니지 못한 여자예요. 당신은 정말 좋은 분이에요. 그러니 그에 걸맞는 여자를 사랑하고 사랑받으며 살아야 돼요. 뒤발 씨같이 섬세하고 여린 분은 우리 같은 세계와는 안 어울려요. 어머, 나도 본래 착한 사람인가봐! 나도 모르게 속마음을 당신에게 다 말해버렸네."

그때 "어머, 당신들 여기서 뭐 하고 있어?"라고 외치는 소리가 들렸습니다. 프뤼당스가 문턱까지 왔는데도 우리는 눈치를 채지 못하고 있었던 거지요. 그녀의 머리는 흩어져 있었고 드레스 앞섶은 풀어 헤쳐져 있었습니다. 그녀의 옷차림을 그렇게 엉망으로 만든 것은 아무리 보아도 가스통인 것 같았습니다.

마르그리트가 대답했습니다.

"중요한 이야기를 하고 있어요. 조금만 더 있다가 갈게."

프뤼당스는 그 말을 기다리고 있었다는 듯 문을 쾅 닫고 다시 가버렸습니다. 단둘이 남게 되자 그녀가 이야기를 계속했습니다.

"자, 이제 알아들으셨지요? 이제는 나를 사랑하지 않는 걸로 알겠어요. 자, 함께 가도록 해요."

"그렇다면 이만 실례하겠습니다."

내가 강경하게 나가자 그녀는 놀란 것 같았어요.

"정말 그럴 정도로 나를 사랑하시나요?"

그녀에 대해 모든 것을 알게 되니 그녀와 같은 여자를 손에 넣으려면 강하게 나가는 것밖에는 방법이 없다는 것을 나는 본능적으로 느낄 수 있었습니다.

"당신은 아직까지 나처럼 당신을 사랑한 사람을 보지 못했기 때문에 그런 질문을 하는 겁니다. 내가 언제부터 당신을 사랑했는지 아십니까?"

"언제부터인데요?"

"3년 전 당신이 마차에서 내려 부르스 광장에 있는 옷 가게로 들어가는 모습을 보았을 때부터입니다."

그녀는 약간 놀란 것 같았습니다.

"정말이에요? 좋아요. 그렇다면 당신의 그 크나큰 사랑에 보답하려면 내가 어떻게 해야 하지요?"

"조금이라도 좋으니 나를 사랑해주십시오."

겨우 그 말을 입 밖에 내면서 내 심장은 이루 말할 수 없이 세게 고동쳤습니다. 마르그리트의 가슴도 고동치고 있다는 것을 나는 알 수 있었고 기다리던 순간이 드디어 다가왔음을 느낄 수 있었습니다.

"하지만 공작님은 어떻게 하지요?"

"어느 공작이요?"

"그 질투심 많은 할아버지 말이에요."

"들키지만 않으면 되지요."

"그러다 들키면요?"

"공작은 당신을 용서해줄 겁니다. 게다가 당신은 이미 그런 위험을 무릅쓰고 있지 않습니까?"

나는 조금씩 그녀에게 다가가 두 팔을 그녀의 허리에 둘렀습니다.

"내가 당신을 얼마나 사랑하는지 당신이 알 수만 있다면! 아아, 그렇다면 문제될 게 뭐가 있겠어요!"

"좋아요. 당신이 아무런 불평도 하지 않고, 또 질문도 하지 않고 내가 말하는 걸 지켜주겠다고 하면 당신을 사랑하겠어요."

"뭐든 말씀만 해주세요. 그대로 따를 테니까요."

"나는 아무런 의심도 하지 않고 오로지 나만을 사랑해주는, 그러면서 보답도 바라지 않는 그런 젊은 애인을 오래전부터 찾고 있었어요. 하지만 그런 사람은 아무도 없었어요. 나와의 사랑, 오로지 그것만 원하는 사람은 없었어요. 남자란 사랑하는 연인의 모든 것을 알아내려 해요. 과거와 현재뿐 아니라 미래에 대해서까지 설명을 요구해요. 연인과 가까워질수록 상대를 지배하고 싶어하고, 많은 것을 받을수록 더 많이 받고 싶어해요. 그 모든 것이 그토록 간절히 원하던 사랑 자체를 죽여버리는 짓인 줄도 모르고. 당신이 내 연인이 되려면 세 가지를 지켜줘야 해요. 나를 믿고, 내 말에 순순히 따르고, 내 일에 참견하지 않는다는 약속. 당신이 그 약속만 해준다면 나는 당신을 사랑해줄 수 있어요."

"좋습니다. 당신이 원하는 것은 무엇이든 할 겁니다."

그녀는 내 품에서 벗어나더니 그날 아침 사들인 붉은 동백꽃 다발 중 한 송이를 뽑아 내 단춧구멍에 꽂았습니다.

나는 그녀를 다시 와락 껴안으며 물었습니다.

"그럼 언제 만나줄 겁니까?"

라 트라비아타

"이 동백꽃 색이 하얗게 변할 때요."

"언제 이 색이 변하지요?"

"내일이에요. 밤 11시에서 12시 사이에요. 당신 친구들이나 프뤼당스, 그 어느 누구에게도 비밀이에요."

"약속하겠습니다."

"그럼 내게 키스해주세요. 그리고 어서 식당으로 돌아가요."

그녀는 나를 끌어당겨 입을 맞춘 다음 콧노래를 흥얼거리며 방에서 나갔어요. 나는 반쯤 얼이 빠진 상태에서 그녀 뒤를 따랐습니다. 그녀는 식당으로 들어가기 전에 내게 작은 소리로 소곤거렸어요.

"내가 왜 이렇게 당신을 쉽게 받아들였는지 궁금하지 않아요? 이런 내가 이상하지 않아요?"

내가 아무 말이 없자 그녀는 내 손을 잡아 가슴 쪽으로 끌어당기며 말을 계속했습니다. 그녀의 심장이 격렬하게 뛰고 있는 걸 느낄 수 있었습니다.

"그건요, 내가 다른 사람들보다 오래 살지 못할 것이기 때문이에요. 그래서 짧고 굵게 살기로 작정한 거예요."

"부디 그런 말은 하지 말아줘요."

그러자 그녀가 웃으며 말했습니다.

제6장

79

"하긴 내가 살 수 있는 시간이 그다지 짧은 것도 아닐 거예요. 당신이 나를 사랑해주는 기간보다는 길 테니까요."

나는 그녀의 얼굴에 얼핏 스친 슬픔을 느낄 수 있었지만 그녀의 말을 진지하게 받아들이지는 않았습니다.

그녀는 다시 콧노래를 흥얼거리며 식당으로 들어갔고 나도 뒤를 따라 들어갔습니다. 너무 늦은 시각이라 프뤼당스를 그녀의 집에 남겨둔 채, 나와 가스통은 곧 그녀의 집을 나섰습니다.

제7장

여기까지 이야기한 아르망은 잠시 이야기를 멈추었다. 그는 좀 춥다며 창문을 닫아달라고 하더니 침대에 가서 누웠다. 나는 그에게 너무 이야기를 많이 해서 힘들 테니 좀 쉬어야 한다며, 남은 이야기는 나중에 해달라고 했다.

그러나 그는 혼자 남아 있어도 잠이 오지 않을 것 같다며 누워서 계속 이야기를 하겠다고 했다. 그는 이야기를 계속했다.

집에 돌아와서 나는 잠을 이루지 못했습니다. 그리고 눈 깜짝할 새에 벌어진 모든 일들, 특히 그녀와 사랑을 약속한 일이 마치 꿈만 같았습니다.

당신은 마르그리트 같은 여자가 남자를 하나 받아들이는 건 하나도 대수롭지 않은 일이라고 생각할지 모르겠습니다. 나도 그냥 뭇 남자들 중 하나가 아니냐고 반문하실지 모르겠습니다.

하지만 마르그리트가 제가 보았던 그 젊은 N 백작의 구애를 한사코 거절한 건 어떻게 해석해야 할까요? 그녀가 아무에게나 마음을 주지는 않는다는 것을 증명해주는 건 아닐까요?

당신은 혹시 이렇게 생각할지도 모르겠습니다. 지금 공작이라는 든든한 후견인을 두고 있으니 기왕에 애인을 고를 바에는 자기 마음에 드는 남자를 고르려는 것 아니냐고. 그래서 N 백작을 거절하는 것 아니냐고. 그렇다면 그녀는 어째서 가스통이 아닌 나를 택한 걸까요? 가스통은 저보다 훨씬 매력적이고 재치도 있으며 집안도 유복한데 하필 첫 만남부터 그런 우스꽝스러운 꼴을 보였던 나를 원하게 된 걸까요?

그날 피를 토하며 그녀가 식탁을 떠날 때 그녀에게 깊은 관심을 가지고 진심으로 걱정한 것은 나 하나였습니다. 게다가 내가 매일 병문안을 왔던 사실을 알고 나서 내가 다른 남자들과는 다르다는 생각을 한 건지도 모릅니다. 반대로 제가 그렇게 열렬히 털어놓은 사랑이 이제까지 그녀 앞에서 무수한 남자들이 털어놓은 사랑과 별로 다를 바 없다고 생각하고, 가볍게 받아들였는지도 모릅니다. 이유야 어찌 되었든 중요한 건 그녀가 나를 받아들였다는 사실이었습니다. 나는 그녀를 사랑합니다. 그리고 그녀가 내 사랑을 받아들였습니다. 그 사실로 나는 위안을 받으려고 했습니다.

하지만 다른 한편으로 그녀가 내게 보여줄 사랑이 의심스러운 것도 사실이었습니다. 나는 스스로에게, 그녀를 향한 나의 사랑을 너무 미화하고 있는 건 아닌지 물었습니다. 다른 사람들이 차려준 살림으로 살아가는 그녀와의 진정한 사랑이 과연 가능하기나 한 것인가, 자문했습니다. 그토록 바라던 순간이 점점 다가오고 있는데도 마냥 기뻐할 수만은 없이 오만가지 생각에 나는 잠을 이루지 못했습니다. 그날 밤 잠 못 이루면서 내게 떠올랐던 수많은 생각을 당신에게 제대로 전할 수는 없을 것입니다.

다음 날 눈을 떠보니 오후 2시였습니다. 날씨가 너무나 화창했습니다. 자리에서 일어나니 어젯밤 그토록 나를 잠 못 들게 했던 오만가지 생각들은 모두 어디론가 씻은 듯이 자취를 감춰버렸습니다. 오직 오늘 밤에 대한 설레는 기대만이 내 마음속에서 빛나고 있었습니다.

나는 옷을 입고 밖으로 나갔습니다. 나는 안텡 거리에 들렀다가 샹젤리제 근처로 갔습니다. 그때 멀리서 마르그리트의 마차가 오는 것이 보였습니다. 그녀가 마차를 세우자 큰 키의 젊은 남자가 여러 사람과 이야기를 나누고 있다가 그녀에게 다가갔습니다. 둘은 잠시 이야기를 나누더니 그 남자는 다시 일행들에게 돌아갔습니다. 그는 프뤼당스가 말한 G 백작이었습니다. 나는 그의 얼굴을 알고 있었습니다.

'무슨 이야기를 나눈 걸까? 오늘은 찾아오지 말라는 다짐을 한 걸까?'라는 생각을 내가 했던 것 같지만 확실하지는 않습니다. 암튼 그날은 하루 종일 정신이 하나도 없었거든요. 분명히 이리저리 돌아다니면서 여러 사람을 만나 이야기를 나누었을 텐데, 하나도 기억이 나지 않습니다. 다만 집에 돌아와 옷을 차려입는 데만 세 시간이 걸렸으며 벽시계와 회중시계를 번갈아 보았지만 두 시계 모두 약속한 듯이 너무 느리게 갔다는 사실만 기억날 뿐입니다.

시계가 10시 반을 가리키자 나는 집에서 나왔습니다. 그때 나는 프로방스 거리에 살고 있었습니다. 마르그리트가 살고 있는 안탱가와는 아주 가까웠지요. 마침내 그곳에 도착한 나는 그녀 집 창문을 바라보았습니다. 창문에 불이 켜져 있기에 그녀가 집에 있다고 생각하고 나는 벨을 누른 후 문지기에게 고티에 양이 집에 있느냐고 물었습니다. 하지만 문지기는 11시나 11시

15분이 되어야 그녀가 돌아올 거라고 말하더군요. 그 말을 듣고 나는 시계를 보았습니다. 아주 천천히 걸어왔다고 생각했는데 내가 집에서 나온 지 겨우 5분밖에 지나지 않았더군요.

내가 30분 정도 인적이 끊긴 거리를 어슬렁거리고 있을 때 마침내 그녀가 집에 도착했습니다. 마차에서 내린 그녀가 초인종을 누르는 것을 보고 나는 그녀에게 다가갔습니다.

"안녕하세요."

"아, 뒤발 씨네요."

그저 심드렁한 그녀의 말이었습니다. 나를 만난 게 하나도 반갑지 않은 것 같은 표정과 말투였습니다.

"오늘 밤 찾아오라고 했지요?"

"아, 그래요? 잊고 있었네요."

그 말 한마디에 그토록 설레며 기대했던 모든 것이 뒤집혀 버렸습니다. 이전의 나였다면 그대로 돌아서서 가버렸을 겁니다. 하지만 나는 이제 그런 그녀에게 어느 정도 익숙해져 있었습니다.

우리는 함께 집으로 들어갔습니다. 그녀가 나닌에게 말했습니다.

"프뤼당스는 아직 집에 돌아오지 않은 것 같지?"

"네, 아가씨."

"그럼 돌아오는 대로 내 집에 와달라고 말 좀 전해줘. 그 전에 거실 불을 꺼줘. 그리고 누가 찾아오면 나는 오늘 밤 집에 돌아오지 않는다고 말해줘."

나는 누군가 귀찮은 사람이 찾아오려나보다, 라는 생각을 하며 그녀가 내실 쪽으로 들어가는 것을 보고도 그 자리에 우두커니 서 있었습니다.

"뭐 하세요? 어서 들어오세요."

내가 엉거주춤 따라 들어가자 그녀는 모자와 외투를 벗어 침대 위에 던지더니 안락의자에 앉은 후 내게 말했습니다. 정말 엉뚱한 말이었습니다.

"내게 무슨 할 말이라도 있어요?"

"아닙니다. 어쨌든 오늘은 내가 괜히 온 것 같군요. 내가 와서 공연히 당신을 난처하게 만든 것 같습니다."

"아니에요. 잠을 못 자서 그런지 머리가 아파서 그랬어요. 그냥 여기 계세요."

그때였습니다. 초인종 소리가 울렸습니다. 그녀는 짜증 난 목소리로 "또 온 거야? 정말 귀찮아"라고 말하면서 현관으로 나갔습니다. 나닌이 프뤼당스의 집에 가고 없으니 아무도 문을 열어줄 사람이 없었던 거지요.

그녀가 문을 열자 찾아온 남자가 식당까지 들어왔습니다. 나는 가만히 귀를 기울였습니다. 목소리를 들으니 N 백작이었습니다.

"오늘 몸은 좀 어때?"

그가 물었습니다.

"별로 안 좋아요."

"내가 방해가 된 거야?"

"그런 것 같은데요."

"이거 참 기가 막힌 환대로군! 마르그리트, 도대체 내가 뭘 어쨌다고 이러는 거야?"

"백작님이 뭘 하셔서가 아니에요. 다만 내가 좀 눕고 싶다는 것뿐이지요. 그러니까 제발 돌아가주셨으면 좋겠어요. 백작님, 도대체 날 보고 뭘 어쩌라는 거예요? 백작님 애인이 되라고요? 몇 번이나 말씀드려야 아시겠어요? 저는 그럴 마음이 조금도 없어요. 백작님 얼굴만 봐도 짜증이 나고 화가 치미니 제발 다른 여자를 상대해주세요. 자, 마지막으로 다시 한번 말씀드릴게요. 저는 백작님이 싫어요. 이젠 됐죠? 제발 가주세요. 아, 나닌이 왔네요. 저 애 보고 불을 밝혀달라고 하시면 될 거예요."

제7장

87

말을 마친 그녀는 내실로 들어오더니 문을 닫아버렸습니다. 잠시 후 백작을 배웅하고 난 나닌이 내실로 들어왔습니다.

마르그리트가 그녀에게 말했습니다.

"이제부터 저 사람이 오면 내가 집에 없거나 만나고 싶지 않다고 말해. 꼭 그래야 돼. 언제나 똑같은 걸 원하고 돈만 주면 끝이라고 생각하는 사람들 만나는 데는 이제 정말 질렸어. 아아, 나닌, 네가 나보다 나아. 우리 같은 사람은 주는 것보다는 빼앗아가는 게 더 많은 남자들에게 둘러싸여 몸과 마음, 아름다움을 조금씩 축내고 있는 거야. 그런데도 사람들은 우리를 사나운 맹수처럼 두려워하거나, 사람도 아니라는 듯 멸시할 뿐이야. 아, 우리 같은 사람은 다른 사람 신세를 망쳐버리고, 자기 자신도 파멸에 몰아넣은 뒤 언젠가는 개처럼 처참하게 죽어갈 뿐이야. 참, 나닌, 프뤼당스는 아직 안 왔어?"

"아직 안 돌아오셨어요. 돌아오시는 대로 여기로 오시라고 해놓았어요."

마르그리트는 가운으로 갈아입은 뒤 내게 기다리면서 책이나 좀 읽고 있으라고 말한 후 침대 옆에 있는 문을 열고 안으로 들어갔습니다. 화장대에 가서 앉은 것 같았습니다.

내가 이런저런 생각에 잠겨 내실을 서성이고 있을 때 프뤼당스가 들어왔습니다.

"어머, 아르망이 와 있었네? 마르그리트는 어디 있어?"

"화장실에 있는 모양입니다."

"그래? 좀 기다려야겠네. 그런데, 마르그리트가 당신 칭찬 많이 하던데. 아주 멋있는 사람이래. 알고 있었어?"

"그럴 리가요. 아주 쌀쌀하기만 하던데요."

"곧 좋아질 거야. 내가 좋은 소식을 가져왔거든. 그런데 당신 친구는 어떻게 지내? 가스통 R이라고 했나? 그 사람 참 멋지던데, 뭐 하는 사람이야?"

"소득이 2만 5천 프랑이나 돼요."

"어머, 대단하네! 그건 그렇고 당신 이야기나 더 해보자고. 마르그리트가 당신에 대해 이것저것 물어본 거 알아? 당신이 어떤 사람인지, 무슨 일을 하는지, 사귀는 여자는 있는지 물어볼 만한 건 다 물어봤어. 나는 아는 대로 다 말해준 후, 당신이 아주 괜찮은 사람이라고 말해줬지."

그때 마르그리트가 멋들어진 침실용 모자를 쓰고 화장실에서 나왔습니다. 참으로 황홀한 자태였습니다. 맨발로 슬리퍼를 신고 있었기에 발톱 손질도 매끄럽게 해 놓았음을 알 수 있었습니다.

그녀가 프뤼당스를 보자 말했습니다.

"공작을 만났어요?"

"물론이지. 여기 그분이 준 6천 프랑이 있어."

그러더니 프뤼당스는 그녀에게 천 프랑짜리 지폐 여섯 장을 건넸습니다. 마르그리트는 돈을 받아 장식 선반에 넣으며 말했습니다.

"3~4백 프랑 정도 필요하다고 했지요? 지금은 환전하기에 너무 늦었으니 내일 사람을 보내요."

프뤼당스는 집에서 사람이 기다리고 있다며 곧바로 밖으로 나갔습니다. 그녀가 나가자 마르그리트가 미소를 지으며 내게 말했습니다.

"잠시 누워도 되겠어요?"

"그럼요. 제가 오히려 그러라고 권하려던 참인데요."

그녀는 침대에 눕더니 내게 말했습니다.

"자, 내 옆에 앉으세요. 우리 이야기라도 나눠요."

프뤼당스의 말대로 그녀의 기분은 훨씬 좋아져 있었습니다.

"아까 기분이 별로 안 좋아서 한 말들 다 용서해주세요."

"용서고 뭐고 있나요? 당신이 어떻게 하든 나는 다 받아들일 수 있어요."

"정말 나를 사랑하시나요?"

"미친 듯이 사랑합니다."

"내가 이렇게 못된 여자인 데도요? 내 성격이 이렇게 나쁜데도요?"

"아무 상관없습니다."

"맹세하실 수 있겠어요?"

"물론이지요."

그때 나닌이 음식을 가지고 들어왔습니다. 마르그리트는 음식을 작은 탁자 위에 차려서 침대 곁에 놓으라고 말한 후 나닌을 내보냈습니다.

제8장

어느덧 새벽 5시 정도가 되었고 커튼 너머로 아침 햇살이 비치기 시작했습니다. 마르그리트가 내게 말했습니다.

"아르망, 쫓아내는 것 같아 미안하지만 그만 돌아가주셔야겠어요. 공작님이 아침마다 찾아오시거든요."

나는 두 팔로 마르그리트의 머리를 감싸 안고 입을 맞추며 말했습니다.

"다음에 언제 만날 수 있지요?"

"오늘 중으로 편지를 전할게요. 저기 난로 위에 있는 작은 황금 열쇠로 문을 열면 돼요. 그런 후 다시 열쇠를 여기 갖다 놓고 돌아가세요."

"너무 성급한 부탁인지 모르지만 하나만 들어줄 수 있어요?"

"뭔데요?"

"저 열쇠를 내가 가져도 될까요?"

"나는 아직 아무한테도 그 열쇠를 맡겨본 적이 없어요."

"그러니까 내가 가져야지요. 아무도 당신을 내 식으로 사랑해본 사람은 없으니까요."

"그렇다면 가져가세요. 하지만 내 기분에 따라 그 열쇠가 아무 소용없을 수도 있어요. 문에 빗장을 걸어놓으면 되니까요."

"정말 심술덩어리네요."

"괜히 한 소리예요. 빗장을 늘 풀어놓으라고 할게요."

"그 말을 들으니 당신이 나를 조금은 사랑한다고 믿어도 되겠네요."

"나도 이유를 모르겠는데 아무래도 그런 것 같아요. 하지만 지금은 돌아가주세요. 너무 졸려서 쓰러질 것만 같아요."

잠시 뜨거운 포옹을 한 후 나는 밖으로 나왔습니다. 거리에는 인적이 없었고 대도시는 아직 잠에 빠져 있었습니다. 나는 이 잠든 도시를 내가 온통 차지한 것 같았습니다. 나보다 행복한 사람은 아무도 없는 것 같았습니다.

나는 분명 순결한 아가씨와 사랑을 나눈 것은 아니었습니다. 순결한 아가씨에게 사랑을 받고 그런 사람에게 사랑이라는 불

제8장

93

가사의한 신비를 알게 해주는 일도 더할 나위 없이 행복한 일임에 틀림없을 것입니다. 그러나 그건 참으로 쉬운 일이기도 합니다. 그건 마치 활짝 열려 있는 문을 들어서는 것과 같은 일입니다.

순결한 아가씨들은 그들이 받은 교육, 도덕적 의무감, 가족 등이 든든한 문지기 노릇을 하고 있습니다. 하지만 열여섯 살 아가씨를 완벽하게 지켜줄 안전한 문지기는 결코 없습니다. 사랑하는 남자의 목소리로 인해 태어나는 첫사랑의 충동은 그 아가씨가 순수하면 순수할수록 더 정열적으로 되기 때문입니다.

순수한 처녀들은 의심할 줄 모릅니다. 그래서 사랑이라는 감정 앞에서 거의 무방비입니다. 그런 아가씨들의 사랑은 언제고 쉽게 쟁취할 수 있고, 그런 승리는 어느 때라도 손에 넣을 수 있는 승리일 뿐입니다. 어린 딸을 가진 부모들이 주위를 높은 성벽으로 둘러싸서 감시하는 것은 그 때문입니다.

그러나 설사 수도원의 높은 벽이나 종교적 의무감까지도 그녀들을 완벽하게 새장 속에 가두어놓기에는 부족합니다. 그녀들은 끊임없이 울타리 밖의 세계에 귀를 기울이고 누군가가 자기를 유혹해주길 기다립니다. 그리고 처음으로 그 신비의 자락을 들어 올려준 손을 향하여 감사하게 됩니다.

그러나 화류계 여성에게서 진정한 사랑을 쟁취한다는 건 거의 불가능할 정도로 어려운 일입니다. 그녀들을 지배하는 건 영혼이 아니라 육체이며, 관능과 방탕이 그녀들의 감정을 갑옷처럼 겹겹이 둘러싸고 있습니다. 누가 무슨 말을 하더라도 그녀들에게는 새로울 게 없습니다. 누가 그 어떤 수단을 쓰더라도 그녀들은 감탄하지 않습니다. 남자들이 그녀들에게 사랑을 품는다 할지라도, 그건 억지로 사랑이라는 물건을 그녀들에게 떠맡긴 것과 다름없습니다.

그녀들이 일로서 사랑을 하는 일은 있어도, 정으로 사랑을 하는 일은 없습니다. 순수한 아가씨를 지키는 어머니나 종교, 도덕보다 더 강력한 것이 그녀들을 지키면서 사랑이 침범할 수 없게 해줍니다. 바로 이해타산입니다.

물론 그녀들도 가끔 사랑을 합니다. 휴식을 취하고 싶거나 자기 위로를 하고 싶을 때, 혹은 자기변명을 하고 싶을 때 가끔 변덕을 부립니다. 잠시 이익이냐 손해냐를 따지지 않고 사랑을 하는 경우도 있는 것입니다. 하지만 그건 수많은 사람을 실컷 착취해온 고리대금업자가, 굶어 죽을 지경에 놓인 사람에게 차용증 없이 몇십 프랑의 돈을 빌려주고는 그 정도 자선으로 자신의 모든 죄가 사라졌다고 착각하는 것과 다를 바 없습니다.

그럴 때면 그녀들은 자신이 진정으로 사랑을 하고 있다고 착각합니다. 그리고 남들에게도 그렇게 말하고 자기 자신에게도 반복해서 진정한 사랑이라고 최면을 겁니다. 그러나 잠시 착각에서 깨어나면 그건 일시적인 자기 위안이었음이 곧 드러납니다.

그 불행한 여인들이 정말로 진정한 사랑을 하게 되는 일이 있을 수도 있겠지요. 하지만 사람들은 그 말을 믿으려 하지 않습니다. 마치 '늑대가 온다!'라고 여러 번 거짓말을 했다가 진짜 늑대에게 잡아먹힌 양치기처럼 결국 그녀는 후회에 사로잡혀 나중에 진짜 찾아온 그 사랑의 먹이가 되어버립니다.

그날 아침 집으로 돌아오면서, 또 집에 돌아와서 이런 생각들이 들었던 것은 아니었습니다. 다만 어렴풋이 그 무언가를 예감하고 있었을 뿐입니다. 모든 것이 돌이킬 수 없게 된 지금에 와서야 겨우 이런 생각을 할 수 있게 된 거지요.

다시 그때 이야기로 되돌아가지요. 집으로 돌아온 나는 머리가 어떻게 된 것처럼 들떠 있었습니다.

'자, 이제 그녀와 나 사이의 장애물은 사라졌다, 나는 이제 그녀를 손에 넣었다, 내 손에는 그녀의 집 현관 열쇠가 있다, 나는 언제고 그 집에 들어갈 수 있다'라고 생각하며 나는 스스로를 자랑스러워했고 하느님께 감사했습니다.

이런저런 행복한 상념에 빠져 있다가 나는 그대로 잠이 들었습니다. 다음 날 깨어보니 마르그리트의 편지가 와 있었습니다. 그 편지에는 다음과 같은 간단한 내용이 적혀 있었습니다.

명령이에요. 오늘 밤 보드빌 극장에서 만나요.
제3막이 끝나고 막간에 내게 와주세요.

M.G

나는 하루 종일 그녀 생각만 하다가 저녁 7시에 보드빌 극장으로 갔습니다. 그렇게 이른 시각에 극장에 들어간 것은 그때가 처음이었습니다.

모든 자리가 꽉 차 있었지만 1층 앞에 있는 특별석은 비어 있었습니다. 나는 그 빈자리를 계속 지켜보았습니다. 이윽고 제3막이 시작될 무렵 마르그리트가 모습을 드러냈습니다. 그녀는 일반석을 둘러보고 나를 발견하더니 눈인사를 보냈습니다.

그날 밤 그녀는 눈이 번쩍 뜨일 만큼 아름다웠습니다. 나를 위해 그토록 멋지게 차려입은 것만 같았습니다. 그녀가 아름다우면 아름다울수록 내가 더 행복해한다는 것을 그녀가 아는 걸

제8장

까요? 그만큼 그녀가 나를 사랑하는 걸까요? 알 수 없었습니다. 어쨌든 그녀가 모습을 드러내자 모두 그녀의 아름다움에 감탄해서 극장 안이 술렁거릴 정도였습니다. 오, 그런 여자의 집 열쇠가 내 주머니에 있고, 밤이면 또 그녀를 품에 안을 수 있는 내가 어찌 황홀하지 않을 수 있었겠습니까?

얼마 후 프뤼당스가 특별석에 함께 자리를 잡았습니다. 그런데 이게 무슨 일입니까? 그녀의 뒤를 이어 G 백작이 특별석으로 들어오더니 자리에 앉는 게 아니겠습니까? 내 가슴이 쿵 하고 내려앉는 것 같았습니다. 그녀가 고개를 돌려서 내게 미소를 보낸 것으로 보아 내 기분을 알고 있음에 틀림없었습니다. 이윽고 제3막이 끝나자 그녀가 백작에게 몇 마디 했고 백작은 자리를 떠났으며 마르그리트가 내게 그리로 와달라고 손짓을 했습니다.

특별석으로 가니 그녀가 내게 인사하며 손을 내밀었습니다. 그녀가 자리에 앉으라고 하자 내가 물었습니다.

"다른 사람 자리를 가로채도 되나요? G 백작이 돌아올 것 아닌가요?"

"금세 올 거예요. 봉봉사탕을 사다 달라고 했어요. 당신과 잠깐이라도 이야기를 나누고 싶어서였어요. 그런데 표정이 왜 그래요? 기분이 별로 안 좋아 보여요."

"정말로 기분이 별로 좋지 않네요."

"제가 다른 남자랑 함께 있다고 그런 거예요?"

"그런 거 아닙니다."

"변명하지 말아요. 내가 다 알아요. 하지만 당신이 잘못한 거예요. 제발 질투하지 마세요. 내가 부탁하지도 않았는데 그 사람이 미리 자리를 예약해놓고 함께 오자고 한 거예요. 나는 거절할 수가 없었어요. 기껏해야 나를 만나려면 어디로 올 것인지 당신에게 알리는 게 내가 할 수 있는 일이었어요. 당신을 만나는 게 내게도 큰 기쁨이니까요. 이렇게라도 잠깐 볼 수 있으니 기분이 좋아요. 다시 말하지만 제발 질투 같은 건 하지 마세요. 연극이 끝나면 프뤼당스의 집으로 가서 기다리세요. 자, 이제 제자리로 돌아가세요. 백작이 올 시간이 됐어요. 당신이 여기 있는 걸 들키면 귀찮아져요."

나는 제자리로 돌아왔습니다. 도리가 없었습니다. G 백작은 마르그리트의 애인이니 애인의 특별석을 예약하고 함께 극장에 오는 건 너무나 당연한 일이었습니다. 나 또한 마르그리트 같은 여자의 연인이 되었으니 그런 일은 받아들여야만 했습니다. 하지만 나는 마음이 가벼워지지 않았습니다. 프뤼당스와 백작, 그리고 그녀가 함께 마차에 오르는 것을 끝까지 지켜본 후 극장을 나설 때는 홀로 버려진 것 같은 쓸쓸한 기분까지 느꼈습니다.

나는 15분 후 프뤼당스의 집에 도착했고 프뤼당스도 딱 그 시간에 맞춰 집으로 돌아왔습니다.

제9장

프뤼당스의 집 안으로 들어가자마자 나는 안절부절못하고 그녀에게 물었습니다.

"마르그리트는 어디 있어요?"

"자기 집에 있지."

"혼자서요?"

"G 백작과 함께 있어."

그 소리를 듣고 나는 방 안을 서성거렸습니다. 그러자 그녀가 내게 말했습니다.

"도대체 왜 그러는 거야?"

"그녀가 G 백작과 함께 있는 걸 알고 제가 즐거울 거라 생각하세요?"

"참, 당신도 벽창호로군. 마르그리트가 G 백작을 문 앞에서 내쫓을 수 없다는 것쯤은 알아줘야 할 거 아냐. 그는 마르그리트의 단골이고 어마어마한 돈을 그녀에게 갖다 바쳤어. 그리고 지금도 계속 바치고 있어. 마르그리트는 1년에 10만 프랑 넘게 돈을 쓰니까 빚이 많아요. 물론 늙은 공작에게 부탁하면 받아낼 수는 있어. 하지만 날마다 돈이 필요하다고 조를 수는 없잖아. 그러니까 1년에 최소한 1만 프랑 이상 갖다주는 G 백작을 끊을 수는 없어. 마르그리트는 틀림없이 당신을 사랑하고 있어. 그러니 더 이상 파고들지 마. 7~8천밖에 안 되는 당신 수입으로는 그녀 마찻값도 대기 힘들 거야. 그냥 가벼운 것들을 선물하면서 애인으로 지내. 하지만 그보다 더한 건 꿈도 꾸지 마. 당신, 지금 어떤 여자와 사귀고 있는지 알고나 있는 거야? 마르그리트는 정숙한 부인이 아니야. 그녀가 당신을 마음에 들어하고 당신은 그녀를 좋아하는 걸로 된 거야. 그러니 바보같이 질투하는 모습 따위는 보이지 마. 당신, 신나지 않아? 파리에서 제일 멋진 여자가 당신 애인이야! 그런데 돈 한 푼 안 들여도 되잖아. 그러면 감지덕지지 너무 욕심부리면 안 돼."

"나도 알아요. 하지만 저 남자가 그녀의 애인이라고 생각하면 너무 괴로워요."

"애인? 아니야. 그는 마르그리트에게 그냥 필요한 사람일 뿐이야. 당신, 공작은 참아냈잖아."

"공작은 늙었잖아요. 게다가 남자 하나라면 모를까, 둘을 어떻게 참아요. 아무리 사정이 그렇더라도 그걸 견뎌내는 건, 꼭 기둥서방이 된 꼴이잖아요."

"얼씨구, 점점 더. 어찌 그리 시대에 뒤처진 생각을 할 수 있는 거지? 나는 지금까지 당신보다 훨씬 가문도 좋고 멋쟁이이면서 돈 많은 사람들이 그런 짓을 아무렇지도 않게 하는 걸 수도 없이 봐왔어. 그들에게는 아무런 괴로움도 부끄러움도 후회도 없어. 그런 일은 예사로 벌어지는 일이야. 생각해봐. 파리의 화류계 여자가 애인 서너 명 거느리지 않으면 어떻게 지금 같은 생활을 할 수 있겠어? 그냥 서로들 다 눈감아주는 거야. 왜? 혼자서 마르그리트의 생활비를 대줄 수 있는 사람은 아무도 없기 때문이야. 파리에서도 연 수입이 50만 프랑이면 상당한 부자지? 하지만 그런 사람이 마르그리트에게 빠져 있다 해도 그녀에게 1년에 갖다줄 수 있는 돈은 아무리 많이 잡아봐야 5만 프랑을 넘을 수는 없어. 그러니 여자는 다른 남자를 찾아서 모자란 걸 채워야 해. 마르그리트는 정말 운이 좋은 거야. 어쩌다 돈 많은 늙은이를 만났고, 그 노인에게는 돌볼 마누라, 딸자식이 없으니까. 그래서 마르그리트가 달라는 대로 돈을 주는 거야. 하지만 아무리 그래도 1년에 7만 프랑 이상 달라고 조를 수는 없어. 그 이상을 달라고 조르면 노인이 아무리 마르그리트에게 푹 빠져 있다고 해도 거절할 거야. 그러면 겨우 사교계에 드나들 정도의 젊은 친구가 마르그리트를 좋아하게 되면 어떻게 하냐고? 그는 자기가 갖다 바치는 돈이 그 여자 집세와 하인들 월급에도 모자란다는 걸 잘 알아. 하지만 시치미 뚝 떼고 얼마간 드나들다가 좀 싫증이 나면 그냥 자취를 감춰버려. 계속 허세를 부리다가는 파산해버릴 게 뻔하거든. 어때? 좀 추잡하지? 하지만 이게 엄연한 현실이야. 당신은 멋진 청년이야. 나는 당신을 좋아해. 그래서 하는 충고인데, 그냥 예쁘고 외로운 여자가 변덕이 생겨서 당신을 애인으로 삼은 거라고 생각해. 그걸 진심으로 받아들였다가는 사고가 나게 돼 있어."

그녀는 말문이 터졌는지 다시 말을 이었습니다.

"반대 경우를 가정해서 말해볼까? 당신이 진짜 원하는지 어쩌는지는 모르겠지만 마르그리트가 공작이고 백작이고 다 포기할 만큼 당신을 사랑한다고 쳐. 그러면 그녀는 엄청난 희생을 치러야 할 거야. 그런 경우 당신은 그녀를 위해 뭘 희생할 수 있지? 그녀만큼 희생할 수가 있나? 게다가 그녀를 향한 당신 마음이 한결같으리라는 보장이 있어? 당신이 그녀에게 질려 욕망이고 뭐고 다 사라진 다음에는 어떻게 되는 거지? 그녀는 당신 때문에 재산, 미래, 더 나아가 자신의 삶까지 모든 것을 다 버렸는데 정작 당신이 그녀를 잊는다면? 당신도 그럴지 모르겠지만 대부분의 남자들은 그녀의 과거를 구실 삼아 그녀 탓만 할 거야. 그러고는 헤어지면서 '나는 네 과거의 다른 남자들이 한 것처럼 했을 뿐이야'라고 말하겠지. 당신은 자신이 안 그런 남자라고 말하고 싶겠지? 그래도 마찬가지야. 설사 남자가 아주 성실해서 그녀를 버리지 않는다고 쳐. 젊을 때라면 몰라도 어른이 되면 그녀와의 관계는 모든 면에서 장애가 될 뿐이야. 가정도 가질 수 없고 출세도 할 수 없게 되겠지. 세상 사람들도 용서하지 않을 거고. 그러니 제발 내 말을 믿어. 여자의 가치를 지금 있는 그대로 봐. 더 이상 부풀리지 마."

나는 지금까지 대수롭지 않게 생각해왔던 프뤼당스가 그렇게 이치에 맞는 이야기를 해줄 수 있으리라고는 생각도 못 했습니다. 모두 맞는 이야기였습니다. 나는 그녀 말에 수긍하며 고맙다고 대답해줄 수밖에 없었습니다.

그녀가 다시 말했습니다.

"자, 그런 논리도 다 잊어. 파리에서의 사랑은 철학이 아니야.

그냥 즐겨. 그리고 자신감을 가져. 그게 없으면 파리에서는 당장 시시한 남자로 전락해버려. 파리 제일의 미녀가, 자기 집에 있는 남자를 어떻게 하면 빨리 내보낼 수 있을까 고민하면서 바로 옆에서 당신을 기다리고 있어. 그녀는 당신을 사랑해. 그러니까 당신을 위해 오늘 밤을 비워놓은 거잖아. 자, 창문 쪽으로 가서 살펴보자고. 좀 있으면 G 백작이 우리를 위해 나가줄 거야."

우리는 창가로 갔고 얼마 후 G 백작이 마차를 타고 출발하는 모습을 볼 수 있었습니다. 곧이어 마르그리트가 우리를 부르는 소리가 들렸고 우리는 함께 그녀의 집으로 갔습니다.

나를 보자 그녀는 나를 힘껏 껴안았습니다. 내가 흘낏 침대를 보니 이불이 흐트러져 있지는 않았습니다. 마르그리트는 벌써 하얀 가운으로 갈아입고 있었습니다.

나는 프뤼당스가 해준 이야기들을 되새기며 유쾌한 척하려고 무척 애를 썼습니다. 신경이 날카로운 가운데 억지로 유쾌한 척하려니 정말 힘이 들었고 눈물까지 찔끔 나올 정도였습니다. 함께 밤참을 먹으며 즐겁게 떠들고 나서 이제 마르그리트와 나, 단둘이 남게 되었습니다. 그녀는 난롯가 양탄자 위에 앉아 무슨 생각에라도 잠긴 듯 난롯불을 바라보고 있었습니다.

그녀가 갑자기 입을 열었습니다.

"아르망, 내가 무슨 생각하는지 알아요?"

"글쎄?"

"내게 작은 계획이 하나 떠올랐어요. 어떤 건지 밝힐 수는 없지만 결과는 말해줄 수 있어요. 그 계획이 성공하면 지금부터 한 달 뒤 나는 자유의 몸이 될 수 있어요. 그리고 우리는 함께 시골에서 여름을 보낼 수 있게 될 거예요."

"도대체 무슨 계획인지, 어떻게 해서 그럴 수 있다는 건지 말해줄 수 없어요?"

"아직은 안 돼요. 내가 당신을 사랑하듯이 당신도 나를 사랑해주기만 하면 돼요. 그걸로 충분해요."

"당신 혼자 계획을 세운 거요?"

"네. 그리고 나 혼자 다 해낼 거예요. 귀찮은 일은 내가 떠맡고 이익은 우리 둘이 함께 나누는 거지요."

그 말을 하면서 그녀는 미소를 지었습니다. 그녀 입에서 나온 이익이라는 말에 나는 얼굴이 새빨개졌습니다. 『마농 레스코』가 떠올랐기 때문입니다. 마농이 미인계로 B 씨를 속여서 받아낸 돈을 애인 그리외와 함께 쓰는 이야기가 그 소설에 나옵니다.

"마르그리트, G 백작과 관련된 계획 아니요? 나는 그런 계획에 가담하지도 이익을 나눌 생각도 없소."

그러자 이번에는 그녀의 얼굴이 새빨개졌습니다.

"당신이란 사람은 정말 어린아이 같아요. 나를 사랑하는 줄 알았는데 내 착각이었네요. 됐어요!"

그러더니 그녀는 피아노 앞에 앉아 건반을 두드렸습니다. 나는 그녀에게 다가가 두 손으로 그녀의 얼굴을 감싸고 입을 맞추었습니다.

"미안해요. 용서해줄래요?"

"우리는 이제 사귄 지 겨우 이틀밖에 안 됐어요. 그런데 벌써 용서를 빌어야 하는 일이 벌어지네요. 내 말이라면 뭐든 들어주겠다고 약속한 걸 잊었나요?"

"당신을 너무 사랑하니까, 나도 모르게 질투를 하게 되네요. 더욱이 당신이 무슨 일을 할 건지 계획도 모르니까."

그러자 그녀가 내 손을 잡고 도저히 거스르기 어려운 매력적인 미소를 띠고 말했습니다.

"당신, 나를 사랑하지요? 그러니 둘이 서너 달 시골에서 함께 지낼 수 있다면 얼마나 좋겠어요? 하지만 당신도 알다시피 나는 그렇게 쉽게 서너 달 시간을 내기가 힘들어요. 그전에 차

근차근 정리할 일이 많거든요. 그걸 어떻게 당신과 함께 해요? 그러니 계획도 나 혼자 세우고 나 혼자 그 계획을 실행하겠다는 거예요. 한 달도 지나기 전에 우리는 함께 물가를 산책하면서 신선한 우유를 마시고 있을 거예요. 나는 본래 시골 출신이라서 그런 생활에 익숙하고 내가 그리던 생활이기도 해요. 그리고 그건 당신이 나를 사랑하니까 내가 꿈꿀 수 있는 것이기도 해요. 나를 사랑한다고 했던 다른 남자들은 나를 위해서 사랑한 게 아니었어요. 언제나 자기를 위해서였지요. 그런데 당신은 자기 자신을 위해서가 아니라 나를 위해서 나를 사랑한다는 걸 나는 알았어요. 내가 그리던 그런 사소한 행복을 실현하기 위해서는 당신에게 부탁할 수밖에 없어요. 어때요? 나의 이 사소한 부탁을 안 들어주실 거예요?”

나는 그녀를 꽉 껴안았습니다. 그 순간 그녀가 아무리 끔찍한 범죄를 함께 저지르자고 했더라도 나는 기꺼이 따랐을 것입니다.

다음 날 아침 6시에 그녀의 집을 나서면서 나는 오늘 밤에도 만날 수 있느냐고 물었습니다. 그녀는 나를 꽉 껴안고 있었지만 아무 대답도 하지 않았습니다.

그날 낮에 나는 그녀에게서 편지 한 통을 받았습니다.

제9장

내 사랑 아르망, 오늘은 제가 기분이 별로 좋지 않아요. 의사 선생님도 안정을 취하라고 하셨어요. 그래서 오늘 밤에는 일찍 자려고 해요. 오늘은 당신을 만나지 못하겠네요. 내일 낮 12시에 오시기를 기다리고 있겠습니다. 사랑해요.

편지를 받고 나는 식은땀을 흘렸습니다. 그녀가 나를 속이고 있다는 생각이 들었기 때문이었고 그렇다고 그녀를 향한 마음이 흔들리기에는 이미 그녀를 너무 사랑하고 있기 때문이었습니다. 하지만 각오를 해야만 했습니다. 마르그리트 같은 여자와 사귀고 있으니 이런 일은 매일 일어날 수 있다고 다짐을 해야만 했습니다. 하지만 다짐은 다짐일 뿐 도저히 견딜 수 없는 게 문제였습니다. 전에 다른 여자와 사귀고 있을 때는 비슷한 일이 벌어져도 쉽게 이겨낼 수 있었는데, 그런 일이 매일 벌어질 수 있는 여자와 사귀면서 단 한 번만으로도 이렇게 참아내기 어려우니 스스로 생각해도 딱한 노릇이었습니다.

그녀의 집 열쇠도 있으니 시치미를 떼고 집 안으로 들어가볼까, 하는 생각도 했습니다. 그전에 나는 먼저 샹젤리제로 가보았습니다. 그녀는 어디에도 모습을 보이지 않았습니다. 밤에 극장이란 극장은 모두 뒤져보았지만 그녀를 찾을 수 없었습니다.

밤 11시가 되자 나는 안탱 거리로 갔습니다. 그녀 집 창문의 불은 꺼져 있었습니다. 벨을 누른 후 문지기에게 그녀가 집에 있느냐고 물으니, 아직 안 돌아왔다고, 집에는 아무도 없다고 했습니다. 나는 문지기 말을 무시하고 안으로 들어가 그녀의 집 문을 열어보고 싶었지만 공연한 소동이 일까봐 두려워 밖으로 나왔습니다.

하지만 나는 집으로 돌아가지 않고 안탱 거리를 서성였습니다. 한밤중이 되자 낯익은 마차가 안탱가 9번지 앞에서 멈추었습니다. 마차에서 G 백작이 내리더니 마차를 보낸 후 안으로 들어가더군요. '마르그리트가 없다는 말을 듣고 백작도 밖으로 나오겠지'라고 내심 기대하며 나는 그쪽을 유심히 살펴보았습니다. 하지만 나는 새벽 4시까지 그 자리에서 기다려야만 했습니다.

3주 전부터 제가 얼마나 괴로웠는지는 아시지요? 하지만 그 괴로움도 그날 하룻밤의 괴로움에 비하면 아무것도 아니라고 할 수 있을 것입니다.

제10장

새벽 4시가 넘어 집으로 돌아온 나는 어린아이처럼 엉엉 울기 시작했습니다. 배신당했다는 생각에 견딜 수가 없이 괴로웠습니다. 나는 너무 흥분해서 당장 그녀와의 관계를 끊겠다고 결심했습니다. 나는 다른 창녀와 다름없는 여자를 사랑한 것이고 그녀는 나를 속인 게 확실하다고 생각했습니다.

하지만 이대로 떠날 수는 없었습니다. 나는 편지를 썼습니다. 편지를 쓰면서 나는 가능한 한 정중한 문장을 사용하려고 애를 썼습니다. 흥분해 있는 모습을 보인다면 그녀가 노린 대로 된 것이라는 생각이 들기 때문이었습니다. 자존심상, 괴로워하는 모습을 보이면 안 된다고 생각했습니다.

사랑하는 마르그리트

몸이 편치 않다고 했지요? 빨리 좋아지기를 바랍니다. 지난밤 11시에 당신 몸이 어떤지 살펴보러 갔었습니다. 당신이 아직 집에 안 들어왔다고 하더군요. 그러고 보니, G 백작은 나보다 훨씬 행복했을 것 같습니다. 잠시 뒤 찾아와서 새벽 4시까지 머물러 있었으니까요.

부디 짧은 시간이나마 당신을 지루하게 만들었던 나를 용서해주기 바랍니다. 하지만 당신 덕분에 잠시 행복했던 그 순간들을 나는 결코 잊을 수 없을 것입니다.

당신이 편찮으니 병문안을 가야겠지만 나는 이제 아버지 곁으로 돌아갈 생각입니다.

안녕, 사랑하는 마르그리트. 우리 이제 모든 것을 잊기로 해요. 당신은 당신이 조금도 관심을 두지 않았던 남자의 이름을, 나는 더 이상 누릴 수 없게 된 행복을.

열쇠는 돌려드리지요. 어제처럼 당신이 편찮을 때 도움이 되리라고 생각했던 열쇠, 그러나 이제는 아무 소용이 없게 된 그 열쇠를.

제10장

113

여유 있는 모습을 보여주겠다는 의도와는 반대로 편지에는 비꼬는 투가 역력했습니다. 나는 여러 번 반복해서 편지를 읽어본 후, 이 정도면 그녀도 상당히 괴로워하며 자책감에 시달리리라는 생각이 들었습니다. 나는 그제야 마음이 조금 가라앉았습니다.

나는 오전 8시에 심부름꾼을 불러 마르그리트에게 편지를 전하라고 했습니다. 그리고 답장이 필요하냐고 물으면 그냥 모르겠다고 대답한 후 기다리라고 했습니다. 그는 편지를 들고 밖으로 나갔습니다. 물론 열쇠도 함께 보냈습니다.

나는 심부름꾼을 보낸 후 오락가락하는 생각에 잠겼습니다. '내게 무슨 권리가 있다고 그런 편지를 보냈지? 마르그리트를 가로챈 건 G 백작이 아니라 나잖아'라는 생각을 하기도 했고, '진정한 사랑을 보여준 남자를 희롱한 여자의 콧대를 꺾기에는 너무 부드러운 내용이야'라고 후회하기도 했습니다. 참으로 남자란 존재는 그 얼마나 나약하고 비참한 존재인지!

심부름꾼이 돌아와서 그녀가 아직 자고 있어서 답장을 받지 못했다고 말했습니다. 나는 당장에라도 그 편지를 되찾아오고 싶었습니다. 그리고 그런 편지를 보낸 걸 후회하기 시작했습니다. 그래도 답장은 기다렸습니다.

그날 내가 얼마나 애타게 답장을 기다렸는지 모릅니다. 정오까지 집에서 기다리다 아무 소식이 없자 나는 외출했습니다. 나는 혹시 답장을 가져오는 나닌을 길거리에서 만날 수 있지 않을까 하여 내 집과 그녀 집 사이를 쏘다녔습니다. 하지만 아무도 만날 수 없었습니다.

오후 5시가 되자 나는 샹젤리제로 갔습니다. 내심 '만일 그녀를 만나더라도 관심 없는 척해야지. 내 편지 내용이 진심이라고 믿게 해야지'라고 결심했습니다. 순간 팔레 루아얄 거리 모퉁이에서 마차를 타고 가는 그녀를 보았습니다. 갑자기 그녀의 모습을 보자 나는 파랗게 질릴 정도로 당황했습니다. 그녀가 내 모습을 보았는지 아닌지는 모르겠지만 마차는 내 곁을 스쳐 지나갔습니다.

나는 거리에 붙어 있는 광고 전단지를 살펴보았습니다. 팔레 루아얄 극장에서 연극 초연이 있었습니다. 그녀가 초연을 놓칠 리 만무했습니다. 나는 7시까지 더 어슬렁거리다가 팔레 루아얄 극장으로 들어갔습니다. 하지만 특별석에 그녀는 없었습니다. 나는 그곳을 나와 그녀가 즐겨 가던 극장에 모두 들어가보았습니다. 하지만 어느 곳에서도 그녀의 모습은 찾을 수 없었습니다. 나중에 안 일이지만 그녀는 그날 평소에 자주 가지 않던 오페라 극장에 있었습니다.

나는 기운이 하나도 없이 집으로 돌아왔습니다. 기대하던 편지는 없었습니다. 그날 밤 나는 후회에 휩싸여 한숨도 잠을 이루지 못했습니다. 나는 내가 얼마나 잘못했는지 자책하고 또 자책했습니다.

가만히 생각해보니 이제까지 벌어진 일들은 마르그리트가 나를 사랑한다는 것을 보여주고 있었습니다. 나와 단둘이서 여름을 보내자고 계획했던 일도 그렇고 그녀를 감당할 만한 돈도 없는 나를 애인으로 삼은 것도 그랬습니다. 남자들과의 계산적인 관계에 지친 나머지 진실한 애정을 원했기에 나를 택한 것입니다. 내게서 그런 사랑의 가능성을 찾은 겁니다.

그런데 나는 단 이틀 만에 그 기대를 무너뜨렸습니다. 그녀가 이틀 밤 내게 허락해준 그 사랑을 말도 못 할 정도로 심하게 모욕하고 비웃음으로 되갚았습니다. 그녀와 알게 된 지 단 이틀 만에 나는 벌써 상처받기 쉬운 애인 노릇, 더 심하게는 기둥서방 행세를 한 것입니다. 그녀가 분에 넘치는 행복을 주었다는 생각은 못 하고, 그녀의 모든 것을 독차지하려 한 것입니다.

아아, 나는 정말 오셀로처럼 바보 같은 질투심에 사로잡혀 있던 것입니다. 나는 그녀가 이런 식으로 나 같은 놈과 헤어진 것을 오히려 다행으로 여기고 있을지도 모른다고 생각했습니다. 그녀가 답장도 보내지 않고 침묵하는 것은, 원망 때문이 아니라 순전히 경멸 때문이라고 생각했습니다.

나는 그날도 잠을 이루지 못했습니다. 온몸에 열이 났지만 오로지 내 생각은 마르그리트뿐이었습니다.

다음 날 나는 집에 가만히 있을 수도 없었고, 그렇다고 마르그리트에게 찾아갈 용기도 나지 않았습니다. 나는 아침 9시쯤 프뤼당스를 찾아갔습니다. 무슨 별다른 생각이 있었던 것이 아니고 그냥 답답한 심정에 찾아간 겁니다.

무슨 일로 이렇게 일찍 찾아왔느냐는 그녀의 질문에, 나는 아버지가 계신 C시까지 갈 마차를 예약하려고 집을 일찍 나온 김에 들렀다고 둘러댔습니다. 그런데 뜻밖에도 그녀가 진지한 얼굴로 내게 물었습니다.

"마르그리트에게 인사하고 갈 거야?"

"아뇨?"

"그러는 게 나을걸. 아무리 헤어진 사이라 해도 예의는 차려야지."

"우리가 헤어진 걸 알고 계세요?"

"알아. 마르그리트가 당신이 쓴 편지를 내게 보여주었거든."

"편지를 보여주면서 뭐라고 말하던가요?"

"당신 손으로 작별의 편지를 써놓고서 뭘 그리 궁금해해?"

"그녀가 실망하지는 않았겠지요?"

"정말 궁금하기는 한 모양이네. 당신은 자기가 할 만한 일을 한 거고 좋은 판단을 내린 거야. 그건 나도 뭐라고 안 하겠어. 하지만 마르그리트가 당신을 사랑한 건 사실이야. 뭔가 새로운 일도 꾸미는 것 같던데."

"나를 사랑한다면 왜 답장을 주지 않은 거지요?"

"뭐, 답장? 그걸 바랐어? 당신을 사랑한 게 잘못이라는 걸 알게 만든 편지를 보내놓고 답장을 바라? 여자는 배신은 용서할 수 있어도 자존심에 상처를 주는 건 용서하지 못해. 이유야 어찌 되었건 연인이 된 지 이틀 만에 버림받고 자존심에 상처를 받지 않을 여자가 있어? 게다가 나는 마르그리트를 잘 알아. 당신에게 답장을 보내느니 차라리 죽는 게 낫다고 생각했을걸."

"그렇다면 저는 어떻게 해야 할까요?"

"뭘 어떻게 해? 그냥 아무것도 안 하는 게 나아. 언젠가 그녀도 당신을 잊을 거고 그녀도 당신을 잊을 거야. 그걸로 끝이지 뭐 다른 게 남겠어?"

"하지만 제가 그녀에게 용서를 비는 편지를 보낸다면요? 제가 잘못했다고 한다면요?"

"절대 하지 마. 마르그리트가 당신을 용서할지도 모르니."

그녀의 말에 나는 그녀의 목을 와락 끌어안을 뻔했습니다.
나는 당장 집으로 돌아와 마르그리트에게 편지를 썼습니다.

어제 당신에게 편지를 보내고 내내 후회하는 사람이 있습니다. 당신이 그 사람을 용서해주지 않는다면 아마 그 사람은 파리를 떠나게 되겠지요? 그 사람은 당신 발아래 엎드려 뉘우치고 싶어합니다. 그리고 언제 그게 가능할지 알고 싶어합니다. 참회란 아무도 옆에 없을 때 하게 되어 있지요? 당신이 언제쯤 집에 혼자 계실지 알고 싶습니다.

나는 심부름꾼을 통해 마르그리트에게 편지를 전했습니다. 그런데 이번에는 심부름꾼이 그녀의 응답을 얻어왔습니다. 나중에 답장을 하겠다는 응답이었습니다. 나는 그녀의 답장을 기다리고 또 기다렸습니다. 하지만 하루 종일 집에서 기다려도 밤 11시가 되도록 답장은 없었습니다. 나는 정말 파리를 떠나야겠다고 생각하고 짐을 싸기 시작했습니다.

　내가 심부름꾼 겸 하인과 짐을 꾸리기 시작한 지 한 시간쯤
되었을 때였습니다. 초인종이 요란하게 울렸습니다. 도대체 이
시간에 누가 찾아온 것일까? 밖으로 나갔던 심부름꾼이 들어
와 말했습니다.
　"나리, 웬 부인 두 분이 찾아오셨는데요."
　그의 말이 끝나자마자 "아르망, 우리야" 하는 낯익은 목소리
가 들렸습니다. 프뤼당스의 목소리였습니다.
　나는 침실에서 응접실로 뛰어나왔습니다. 프뤼당스와 함께
그녀가 거기에 있었습니다. 아아, 정말 마르그리트, 그녀였습
니다. 프뤼당스는 선 채로 골동품들을 바라보고 있었고 그녀는
생각에 잠긴 채 소파에 앉아 있었습니다.
　나는 곧바로 마르그리트 앞에 무릎을 꿇고 그녀의 두 손을
잡았습니다. 내 입에서는 감격에 겨운 말이 나왔습니다.
　"정말 미안해요."
　그녀는 조용히 내 이마에 입을 맞추며 말했습니다.
　"당신을 용서해주는 게 벌써 세 번째예요."
　"오오, 나는 내일 파리를 떠날 작정이었습니다."

"내가 왔다고 해서 취소할 필요는 없잖아요. 낮에 답장을 해줄 틈이 없었기에 온 거예요. 내가 화나지 않았다는 걸 보여주기 위해서이기도 하고요."

프뤼당스는 우리 둘만 있게 하려는 배려에서 침실이나 구경하겠다며 안으로 들어갔습니다.

나는 잠시 입을 열지 못했습니다. 이윽고 용기를 내서 말했습니다.

"마르그리트, 당신은 정말 나를 사랑하시나요?"

"물론이에요. 이제는 너무나 사랑해요."

"그렇다면 왜 나를 속인 거지요? 왜 내게는 집 안에 있으면서 없다고 하고 백작을 맞아들인 거지요?"

"아르망, 당신은 나를 연 수입이 20만 프랑이 넘는 귀부인으로 알고 있나요? 만일 그렇다면 당신은 마땅히 그렇게 물을 수 있어요. 하지만 나는 마르그리트 고티에예요. 빚이 4만 프랑이나 되면서 재산은 하나도 없는 사람이에요. 그런데도 1년에 10만 프랑씩 써야 하는 사람이에요. 그런데도 당신의 그런 쓸데없는 질문에 대답을 해야 하나요?"

나는 그녀의 무릎에 머리를 힘없이 기대며 말했습니다.

"당신 말이 맞아요. 하지만 나는, 나는, 당신을 너무나 사랑하기에……."

"그렇다면 방법은 두 가지뿐이에요. 나를 조금 덜 사랑하거나, 아니면 나를 좀 더 잘 이해해주거나. 당신은 나를 사랑한다고만 할 뿐 나를 이해하려는 노력은 조금도 안 해요. 당신 편지를 받고 내가 얼마나 괴로워했는지 알아요? 만약 내가 자유로운 몸이었다면 백작을 집 안으로 들이지도 않았을 거고, 들였다 해도 당장 당신에게 달려와 용서해달라고 했을 거예요. 나는 당신을 사랑하게 되면서 반년 정도라면 행복해져도 되지 않을까 생각했어요. 그런데 당신은 내가 갖게 된 그 희망, 전에는 꿈도 꾸어보지 못한 그 희망을 이루어주려고 하기 전에, 그 행복을 함께 나누려 하기 전에 그 방법만 알려고 했어요. 조금만 생각하면 알 수 있는 그 방법을. 내가 그 방법을 쓰면서 얼마나 큰 희생을 치렀는지 당신은 조금도 생각해주지 않았어요. 내가 당신에게 '내가 자유로워지려면, 당장 2만 프랑이 필요해요'라고 말할 수도 있었겠지요. 나한테 푹 빠져 있는 당신이 어떻게든 그걸 해줄 수도 있었겠지요. 하지만 나는 그 방법은 쓰고 싶지 않았어요. 나는 당신에게 그 어떤 빚도 지고 싶지 않았어요. 하지만 당신은 그런 나를 조금도 배려해주지 않았어요. 마르그리트 고티에 같은 여자가 돈이 필요한 데도 당신에게 조르지 않고 다른 방법을 찾았다는 것, 그건 당신을 엄청나게 배려한 거예요. 당신은 그저 아무 말 없이 내가 해주는 배려를 받아들였어야 했어요. 우리는 때때로 마음의 만족을 얻기 위해 몸을 희생해야 할 때가 있는 법이에요."

나는 그녀의 말에 감탄하며 귀를 기울였습니다. 그리고 뼈저리게 반성했습니다. 전에 발끝에 입이라도 맞추어보았으면 하고 바라던 여인이 자신의 삶 속에서 내가 맡을 수 있는 중요한 역할 하나를 내게 주었습니다. 그런데 그 욕망을 채운 뒤 나는 무언가 다른 것을 원했던 것입니다.

그녀가 다시 말을 이었습니다.

"그래요, 우리 같은 여자들은 정말 변덕스러워요. 때로는 엉뚱한 것을 바라거나 꿈에도 생각하지 못한 사랑을 하기도 해요. 우리에게 모든 것을 다 바치고도 아무것도 얻지 못한 채 신세 망치는 남자가 있는가 하면, 꽃다발 하나로 우리를 사로잡아버리는 남자도 있어요. 그래요, 우리는 정말 종잡을 수 없지요. 하지만 그 때문에 우리는 기분 전환을 할 수 있고, 우리가 하고 있는 일에 대해 변명도 할 수 있는 거예요. 나는 그 어떤 남자보다 빠르게 당신에게 몸을 맡겼어요. 정말이에요. 왜 그랬느냐고요? 내가 피를 토하는 날, 당신이 내 손을 잡아주었으니까요. 울어주었으니까요. 나를 가엾게 여겨준 단 한 사람이니까요. 나는 순식간에 당신을 좋아하게 된 거예요. 고작 눈물 한 방울로도 얼마나 큰 사랑을 얻을 수 있는지 남자들이 안다면, 여자들로부터 좀 더 많은 사랑을 받을 수 있을 텐데……. 우리도 그렇게 많은 사람을 빈털터리로 만들지 않았을 텐데. 나는 내가 어떤 생활을 하고 있는지 알아요. 우리는 자기를 자기 자신이라고 생각할 수도 없어요. 우리는 사람이 아니라 물건인 거죠. 주변에서 내게 친절하게 대해주는 사람들은 모두 진심이 우러나서가 아니라 이해타산 때문에 그런 거예요. 프뤼당스도 마찬가지예요. 내가 프뤼당스에게 5백 프랑을 빌려준 건 당신도 알지요? 하지만 그건 빌려준 게 아니라 그냥 준 거예요. 그녀나 나나 그걸 다 알아요. 그래서 그녀는 내게 친절한 거예요. 그래서 나는 결심했어요. 아니, 결심이라기보다는 저절로 그렇게 된 거예요. 단 한 가지 행복 외에는 바라지 않게 된 거지요. 내가 어떻게 생활하든 꼬치꼬치 캐묻지 않고, 내 몸보다 내 마음을 사랑해줄 수 있는 남자를 만나는 것, 그게 내가 바라던 거였어요. 공작이 바로 그런 사람이었어요. 하지만 그는 내 마음을 사랑하고 내게 자유를 주었지만 나를 진정으로 위로해줄 수는 없었어요. 그를 만나면 지루해서 견딜 수 없었어요. 그런데 나는 당신을 만난 거예요. 당신은 젊고 열정이 있었지요. 내가 진정으로 원하던 남자가 당신이었으면 좋겠다고 나는 생각했어요. 나는 당신을 있는 그대로 사랑한 게 아니었어요. 내가 바라던 사람이었으면 하면서 사랑한 거지요. 그런데 당신은 그 역할이 당신에게 어울리지 않는다며 뿌리쳤어요. 그리고 그냥 흔히 눈에 띄는 남자처럼 되어버렸어요. 그러니 당신도 이제부터 다른 남자처럼 하면 돼요. 내게 돈을 지불하세요. 그러면 간단해요. 이런 이야기를 할 필요도 없고요."

너무 긴 이야기를 했기에 그녀는 녹초가 되어 소파에 몸을 푹 파묻고는 가벼운 기침을 억누르며 손수건을 입과 눈가에 갖다 대고 있었습니다.

나는 우물우물 말했습니다.

"미안해요. 용서해주세요. 이제 다른 건 다 잊고 단 한 가지만 기억해두겠어요. 나는 당신 것이고 당신은 내 것이라는 사실, 우리는 젊으며 서로 사랑하고 있다는 사실을. 마르그리트, 당신이 원한다면 나를 어떻게 대해도 상관없어요. 나는 기꺼이 당신의 노예가, 당신의 개가 되겠습니다. 마르그리트, 제발 부탁이지만 내가 보낸 그 편지를 찢어주세요."

그녀는 가슴팍에서 편지를 꺼냈고 나는 편지를 찢어버렸습니다.

그때 프뤼당스가 응접실로 들어왔어요. 그녀를 보고 마르그리트가 말했습니다.

"프뤼당스, 이 사람이 내게 뭘 부탁했는지 알아?"

"용서해달라고 했겠지. 그래, 용서했어?"

"어디 안 그럴 수가 있어야지. 그런데 부탁이 그것만이 아냐."

"그럼 또 뭔데?"

"우리랑 함께 밤참을 먹고 싶대."

"둘 다 어린아이로군. 아무튼 난 지금 배가 무척 고프니까, 둘이 의견을 빨리 맞춰. 그래야 밤참을 빨리 먹을 수 있을 거 아냐?"

그러자 마르그리트가 말했습니다.

"자, 얼른 함께 가요. 나닌이 자고 있을 테니 당신이 문을 열어요. 이 열쇠, 잃어버리면 안 돼요."

그녀는 내게 열쇠를 건네주었습니다.

그때 심부름꾼이 들어와 짐을 다 꾸렸다고 의기양양하게 말했습니다. 내가 그에게 대답했지요.

"미안하지만 다시 풀어줘. 여행이 취소됐으니."

제11장

내가 너무 시시콜콜하게 늘어놓고 있지요? 하지만 내가 어떻게 해서 그녀가 원하는 것을 다 들어주게 되었는지, 내가 그녀에게 무슨 의미이며, 왜 나 없이는 그녀가 살 수 없게 되었는지를 당신에게 꼭 알려주고 싶었습니다.

내가 그녀에게 『마농 레스코』를 선물한 것은 바로 그다음 날이었습니다.

이제 내게 새로운 생활이 시작되었습니다. 그녀의 생활을 바꿀 수 없었기에 내 생활이 바뀔 수밖에 없었습니다. 나는 그녀와 사랑을 하면서 맡게 된 새로운 내 역할에 대해 이러쿵저러쿵 생각할 틈을 만들지 않기로 결심했습니다. 그래서 본래 조용했던 내 생활이 겉보기에도 어지럽고 부산한 생활로 바뀌어버렸습니다. 무엇보다 지출이 많아졌습니다. 아무리 이해타산을 떠난 사랑을 그녀와 하고 있다 하더라도 상대가 화류계 여성이니 돈을 쓰지 않고는 넘어갈 수 없는 일들이 무수히 생겼습니다. 꽃다발, 연극 관람, 밤참, 나들이 등 도저히 거부하기 어려운 내 애인의 취향들은 모두 비싼 값을 자랑하는 것들이었습니다.

이쯤에서 나의 재정 상태를 말씀드리는 게 좋을 것 같습니다. 이미 말씀드렸듯이 나는 재산이 그리 많지 않습니다. 아버지께서는 오래전부터 C시의 세무서장으로 계십니다. 청렴하신 분이며 나는 아버지를 이 세상에서 가장 존경합니다. 아버지께서는 돌아가신 어머니가 남겨주신 연금 6천 프랑을 나와 여동생에게 반씩 나누어주셨습니다. 그리고 내가 스물한 살이 되자 거기에 5천 프랑의 연금을 덧붙여주셨습니다. 내가 법조계나 의료계에서 일자리를 얻고 거기다 8천 프랑의 연금을 보탠다면 파리에서도 아주 편안하게 지낼 수 있었습니다.

나는 파리로 올라와 법률을 공부해서 변호사 자격을 땄습니다. 하지만 파리는 유혹이 많은 곳입니다. 나는 많은 젊은이와 마찬가지로 자격증은 그냥 주머니에 넣어둔 채, 나태한 파리의 생활에 몸을 맡겼습니다. 돈을 펑펑 쓰지도 않았건만 여덟 달

만에 연금은 바닥이 났습니다. 그래서 여름 넉 달 동안 아버지 곁에서 지냈습니다. 물론 빚을 질 정도까지 방탕한 생활을 하지는 않았습니다.

마르그리트와 막 알게 될 무렵 내 재정 상태는 대충 그런 정도였습니다. 그런 상태에서 마르그리트와 사랑을 하게 되니 지출은 한없이 늘어만 갔습니다. 그녀는 매일 기분 전환을 위해 이것저것 갑자기 하고 싶어지는 일이 많았습니다. 예컨대 아침에 갑자기 편지를 보내 파리 시외의 멋진 레스토랑에서 점심을 하고 싶다고 전합니다. 그런 날은 둘이 점심을 먹고 극장으로 갔다가 때로는 밤참도 함께 합니다. 그렇게 하면 하루에도 100프랑 가까이 드니 한 달이면 3천 프랑 정도가 휙 날아갑니다. 마르그리트는 그 정도는 지출도 아니라고 생각하는 여자들 중 하나였습니다. 그러니 빚을 지든지 그녀와 헤어지든지 둘 중 하나를 택하는 것 외에는 방법이 없었습니다. 하지만 두 번째 해결책만 아니라면 어떤 방법이든 찾아보려 했습니다.

저는 전 같으면 생각만 해도 두렵게 여기던 도박판에 끼어들었습니다. 하지만 마르그리트를 향한 사랑의 열정이 그 두려움을 잠재웠습니다. 나는 도박판에서 돈을 땄습니다. 이유는 간단합니다. 냉정을 유지할 수 있기 때문이었습니다. 도박은 마르그

제11장

129

리트와의 사랑을 잃지 않기 위한 수단일 뿐이었습니다. 제가 아무리 승부에 대한 열정에 사로잡히더라도 마르그리트를 만날 시간이 되면 조금도 미련 없이 도박판을 떠날 수 있었습니다. 땄을 때도 마찬가지였고 잃었을 때도 마찬가지였습니다. 도박은 마르그리트를 향한 열병을 치료하는 약 같은 것이었습니다. 그 열병이 사라지면 더 이상 필요가 없어지는 것이었습니다.

도박으로 돈을 따게 되니 마르그리트의 기분 전환을 얼마든지 충족시킬 수 있었고 우리는 행복한 사랑을 나눌 수 있게 되었습니다. 그러면서 나는 마르그리트의 건강을 위해 그녀의 생활에 조금씩 변화를 주려고 노력하기 시작했습니다. 우선 밤참을 먹는 습관을 없애려고 했습니다. 얼마 후 그녀는 건강에 좋은 식이요법을 하고 규칙적으로 잠자리에 드는 습관을 들이는 데 성공했습니다. 그녀도 그 생활이 몸에 좋다는 것을 느끼기 시작한 것 같았습니다. 그녀는 밤에 밖을 돌아다니지 않고 집에서 지내는 일이 많아졌으며, 베일을 쓴 채 숄을 두르고, 나와 함께 샹젤리제 어두운 가로수 길을 산책하기도 했습니다. 그리고 집에 돌아와서는 가볍게 식사를 하고 잠시 음악을 듣거나 책을 본 후 잠자리에 들었습니다. 전에는 생각도 못 하던 일이었고 그 덕분에 발작적으로 터뜨리던 기침도 잠잠해졌습니다.

6주쯤 그런 생활을 하니 모든 것이 순조로워졌습니다. 그녀는 G 백작과의 관계도 끊었습니다. 나도 도박에서 손을 끊었습니다. 계산해보니 계속 돈을 따서 내 수중에는 1만 프랑 정도의 돈이 남아 있었습니다. 그 돈만 있어도 얼마 동안은 이런 생활을 얼마든지 할 수 있을 것 같았습니다. 공작에게 우리 관계를 숨겨야 하는 일이 문제였지만 만일 내가 드나드는 것을 그가 알았다고 해도 여느 애인으로 생각했을 테니 큰 걱정은 없었습니다. 아버지와 여동생이 있는 곳으로 가서 지내야 할 여름이 되었지만 나는 C시로 내려가는 대신, 잘 지내고 있으니 걱정 말라는 편지를 보내고 계속 파리에 머물렀습니다.

어느 날 아침이었습니다. 햇살이 밝게 비치는 기분 좋은 날씨였습니다. 침대에서 내려온 마르그리트가 날씨가 너무 좋으니 어디 한적한 시골 같은 데 가서 하루 지내고 오면 어떻겠냐고 말했습니다. 찬성하지 않을 이유가 없었지요. 나는 프뤼당스에게 함께 가자고 전했고 우리 셋은 곧 마차에 올랐습니다.

우리가 가야 할 장소는 프뤼당스가 정했습니다. 그녀는 진짜 시골로 우리를 안내해주겠다고 말했습니다. 우리는 파리에서 18킬로미터 정도 떨어진 부지발이라는 마을로 가 '푸앵 뒤 주르'라는 레스토랑에서 점심을 하기로 정했습니다. 프뤼당스의 말로는 화가들과 예술가들이 즐겨 찾는 정말 아름다운 시골이라고 했습니다.

정말 경치가 좋은 레스토랑이었습니다. 왼쪽으로는 아름다운 수로가 지평선을 가로지르고 있었고 오른쪽으로는 언덕이 끝없이 펼쳐져 있었습니다. 약간 멀리로는 거의 흐름을 멈춘 것 같은 시냇물이 마치 리본처럼 섬과 벌판 사이에 길게 뻗어 있었고 물가에는 커다란 미루나무와 버드나무가 마치 자장가를 속삭이는 듯 섬을 감싸고 있었습니다. 저 멀리로는 빨간 지붕을 한 작은 하얀 집들이 햇빛을 받으며 서 있었고 더 멀리로는 안개 낀 파리가 있었습니다. 프뤼당스의 말대로 이곳이야말로 진짜 아름다운 시골이었습니다.

이곳에 마르그리트와 함께 있자니 이제야 그녀와 진정한 사랑을 하게 된 것 같은 기분이 들었습니다. 남자란 아무리 한 여자를 깊이 사랑한다고 해도, 아니, 한 여자를 깊이 사랑하면 할수록 질투심에 사로잡히기 마련입니다. 세상 모든 남자가 그녀를 탐내리라는 생각이 들수록 이유 없는 질투심을 자기 안에서 키웁니다. 당신이 누군가를 진정으로 사랑해보았다면 그녀를 이 세상에서 떼어내고 싶다는 생각, 이 세상 밖으로 데리고 가고 싶다는 간절한 바람을 품었을 것입니다. 사랑하는 그녀가 주변 사람이나 물건에 접촉할 때마다, 그녀 특유의 소중한 향기, 나만을 향한 순수한 사랑이 닳거나 오염된다는 느낌을 받은 적이 있었을 것입니다. 게다가 나는 그런 느낌을 다른 그 누구보다 강하게 받고 있었습니다. 나는 정말 특별한 사랑을 하고 있었으니까요. 파리에서 한 발짝 움직일 때마다 전에 애인이었을 남자, 앞으로 애인이 될 수도 있는 남자와 맞부딪히는 여자, 그런 여자와 나는 사랑을 하고 있었으니까요.

그런데 우리가 그런 사람들을 떠나 자연 속에 묻혀 있게 된 것입니다. 사람들을 만나더라도 우리에게 아무런 관심도 없는 그런 사람들만 만나게 된 곳에서 우리는 아무런 부끄러움이나 거리낌 없이 사랑을 나눌 수 있게 된 것입니다.

이런 분위기에서 그녀는 마르그리트라는 이름의 아름다운 한 여자가 되어갔습니다. 과거는 흔적도 없이 사라진, 미래에 아무런 먹구름도 끼지 않는 그런 사랑스러운 여인이 내 곁에 있었습니다. 태양은 가장 순결한 신부에게 베푸는 축복의 햇살을 내 연인에게 아낌없이 베풀고 있었습니다. 나는 마치 꿈속에서인 양 풀밭을 뒹굴며, 과거의 모든 사슬에서 벗어난 그녀의 모습, 희망에 가득 찬 우리 사랑의 미래를 그려보았습니다.

문득 물가에 조그맣고 귀여운 3층 집이 내 눈에 띄었습니다. 아무도 살지 않는 빈집이었습니다. 가만히 그 집을 바라보고 있자니 그 집이 꼭 내 집처럼 느껴졌습니다. 그때의 내 꿈이 온전히 담긴 집으로 여겨졌습니다. 나와 마르그리트가 그곳에 단둘이 살고 있는 모습이 내게 그림처럼 그려졌습니다. 낮이면 언덕 위 숲에서 지내다가 밤이 오면 잔디밭에 앉아 있는 우리들의 모습! 그렇게만 살 수 있다면 우리만큼 행복한 사람은 이 세상에 없을 것이라는 생각이 들었습니다.

그때였습니다. 마르그리트도 그 집을 보고 있었던 모양입니다. 그녀가 말했습니다.

"어쩜, 저렇게 예쁜 집이 있을까!"

마치 내 생각을 그대로 꿰뚫고 있다가 내 생각에 대답한 것 같았습니다.

그러자 프뤼당스가 말했습니다.

"그 집이 마음에 드나보지?"

"응, 맘에 들어요."

"그러면 공작에게 부탁하면 되잖아. 나한테 맡겨."

프뤼당스의 입에서 나온 '공작'이라는 단어가 내 꿈을 산산조각 내고 말았습니다. 나는 현실 세계로 다시 굴러떨어진 것입니다. 나는 아무 말도 하지 못했습니다.

내 침묵을 긍정으로 해석한 마르그리트와 프뤼당스는 당장 그 집이 비어 있는지 알아보자고 했고 나는 멍한 상태에서 그들이 하는 대로 따랐습니다. 그 집은 비어 있었고 2천 프랑에 임대할 수 있었습니다. 나는 공작이 끼어드는 게 싫어서 마르그리트에게 말했습니다.

"내 돈으로 빌리면 안 될까?"

"바보 같은 소리 말아요. 나는 당신을 위해 이곳에 숨어 살고 싶어진 거예요. 그런 당신에게 그런 부탁을 할 수는 없어요. 내가 그런 부탁을 할 수 있는 사람은 단 한 사람밖에 없어요. 또 어린아이 같은 소리 하면 화낼 거예요."

돌아오면서 그녀들은 이 새로운 계획에 대해 신나게 떠들었고, 나는 마르그리트를 품에 꼭 껴안고 있었습니다. 파리에 도착해서 마차에서 내릴 때 나는 더 이상 내가 떳떳하지 못한 일을 한다는 생각을 하지 않았습니다.

다음 날 공작이 아침 일찍 올 것이라는 마르그리트의 말에 나는 그녀의 집을 일찍 나섰습니다. 낮이 되자 그녀가 내게 편지를 보냈습니다.

제11장

공작과 함께 부지발에 다녀올게요. 오늘 밤 8시 프뤼당스
의 집으로 와주세요.

약속한 시각에 우리는 프뤼당스 뒤베르누아 부인 집에서 만
났습니다. 마르그리트가 말했습니다.

"그 집을 빌렸어요. 그것뿐이 아니에요. 아르망이 살 곳도 마
련해놓고 왔어요."

프뤼당스가 그녀에게 물었습니다.

"그 집 안에다가?"

"아니, '푸앵 뒤 주르'에 마련했어요. 공작하고 그 집에서 점
심을 먹었거든요. 공작이 경치에 넋을 놓고 있을 때 내가 여주
인에게 물어봤어요. 아르누 부인이라고 했지, 아마? 그녀에게
어디 적당한 방이 없냐고 물어봤더니 있다는 거예요. 응접실과
대기실, 침실이 딸린 방이 있다고 했어요. 한 달에 60프랑만 내
면 된대요. 가구도 다 마련돼 있으니까 아무 불편 없이 지낼 수
있어요. 아르망, 내가 그 방을 예약했어요. 어때요? 잘했지요?"

나는 그녀의 목을 덥석 끌어안았습니다.

"공작에게는 내 몸이 불편해서 거기서 지내고 싶다고 했어
요. 반쯤 믿는 것 같았어요. 그러니 우리도 조심, 또 조심해야

해요. 감시를 붙일지 모르니까요. 그 집 비용도 달라고 해야 하고 내게는 아직 빚이 남아 있으니 그 할아버지에게 들키면 안 돼요. 알겠지요?"

"언제 이사할 건데?"

프뤼당스가 물었습니다.

"되도록 빨리할 거예요. 집 안에 있는 물건들도 다 가져갈 거야. 내가 없는 동안 저 집 좀 잘 부탁해요."

일주일 후 마르그리트는 별장으로 이사했고 나도 '푸앵 뒤 주르'에 자리를 잡았습니다.

마르그리트는 말로만 새로운 생활을 한다고 했지 실제로는 그렇지 못했습니다. 파리 앙탱가의 생활을 그대로 이곳 부지발로 옮겨온 것과 같았습니다. 그녀의 여자 친구란 친구는 모두 찾아오는 바람에 집 안은 언제나 시끌시끌했습니다. 처음 한 달 동안 그녀의 집 식탁에는 하루도 빼놓지 않고 10명 가까운 손님들로 붐볐습니다. 게다가 프뤼당스까지 마치 그 집이 자기 집이라도 되는 양, 친구들을 불러와 자랑을 했습니다.

그 비용은 물론 모두 공작이 부담했습니다. 그런데 가끔씩 프뤼당스가 마르그리트의 청이라며 내게 천 프랑짜리 지폐를 요구하는 날도 있었습니다. 나는 도박으로 번 돈이 있었기에 기꺼이 돈을 내주었습니다. 그리고 앞으로 마르그리트가 더 돈을 필요로 할 때가 있을지도 모른다는 생각에 파리로 돌아가 6천 프랑 정도의 돈을 빌렸습니다. 연금을 빼고도 1만 프랑이 넘는 돈을 수중에 지니고 있었던 겁니다.

하지만 마르그리트는 얼마 후 이런 생활을 삼가게 되었습니다. 내게도 가끔 돈을 요구해야 한다는 사실이 마음에 걸렸기 때문입니다. 게다가 공작이 이곳에 발길을 끊는 일까지 벌어지고 말았습니다. 나로서는 잘된 일이었습니다. 나는 거리낌 없이 그 집에 드나들 수 있었고 하인들은 아예 나를 나리라고 부르며 그 집 주인 대접을 해주었습니다.

나는 공작이 이곳 발길을 끊은 것이, 그가 이곳에 찾아올 때마다 떠들썩하게 노닥거리는 여자들에게 자신의 모습을 보이는 것이 꺼림칙했기 때문이리라 생각했습니다. 저녁을 함께 하려고 공작이 찾아와도 그때까지 자리를 비우지 않고 있는 여자들을 보면서 화가 났을 거라고 나는 생각했습니다. 그런데 그게 아니었습니다.

어느 날 내가 그녀의 집을 찾았을 때 마르그리트와 프뤼당스가 침실에서 소곤소곤 이야기를 나누고 있었습니다. 나는 침실문에 귀를 대고 그들의 대화를 엿들었습니다.

마르그리트가 프뤼당스에게 물었습니다.

"그래, 어떻게 됐어요?"

"공작을 만났어."

"그분이 뭐라고 하던가요?"

"식당에서 벌어진 일이라면 얼마든지 용서해줄 수 있대. 하지만 네가 아르망 뒤발 씨와 공공연히 동거하는 것은 용서할 수 없대."

나는 모골이 송연해졌습니다. 공작이 내 존재를 알게 된 것입니다.

프뤼당스가 말을 이었습니다.

"만일 네가 그 사람하고 헤어지기만 하면 모든 걸 전처럼 해줄 수 있대. 하지만 그 사람과 헤어지지 않을 거면, 앞으로 무슨 부탁을 해도 들어줄 수 없다고 했어."

"그래서 뭐라고 대답했어요?"

"너에게 틀림없이 잘 전하고 타일러보겠다고 했어. 네가 내 말을 들을 거라고도 했어. 생각해봐. 네가 모든 걸 잃으면 아르망은 결코 그걸 되돌려줄 수 없어. 그가 네게 반해 있는 건 사실이지만 그에게는 재산이 없어. 언젠가는 헤어지게 될 거야.

그렇게 되면 이미 때가 늦는 거야. 공작도 네게 아무것도 해주지 않을 거란 말이야. 내가 아르망에게 이야기해줄까?"

마르그리트는 곰곰이 생각에 잠긴 것 같았습니다. 얼마 동안 아무런 대답도 하지 않은 것입니다. 그사이 내 심장은 심하게 쿵쾅거리고 있었습니다.

이윽고 마르그리트가 말했습니다.

"아냐, 나는 아르망과 헤어지지 않겠어요. 도망가지도 않고 숨지도 않을 거야. 그 사람과 떳떳하게 함께 살 거야. 미쳤다고 해도 좋아요. 난 그 사람을 사랑하고 있단 말이에요. 그 사람도 이제 나랑은 한시라도 떨어져 있을 수 없을 거예요. 게다가 내게는 이제 살날이 얼마 남지도 않았어요. 얼마 되지도 않는 날들을 불행하게 지내고 싶지 않단 말이야. 그 노인, 지갑 꽉 닫고 있으라고 해요. 그렇게 치사한 돈이 없어도 나는 잘 해낼 수 있어요."

"어떻게 할 건데?"

"그건 나도 몰라요."

그들의 대화는 거기에서 끊겼습니다. 내가 정신없이 안으로 뛰어 들어가 마르그리트의 발치에 몸을 던졌기 때문이었습니다. 내 눈에서 넘쳐흐르는 눈물로 그녀의 손이 흠뻑 젖었습니다.

"마르그리트, 내 목숨은 당신 것입니다. 이제 그런 남자 따위는 필요 없어요. 내가 있지 않아요? 나는 결코 당신을 버리지 않을 겁니다. 내게 이토록 큰 행복을 준 당신을 절대로 홀로 두지 않을 겁니다. 이제 우리를 구속하는 건 아무것도 없어요. 우리는 서로 사랑하고 있잖아요!"

"맞아요, 아르망!"

그녀가 내 목에 팔을 두르며 말했습니다.

"내가 누군가를 이렇게까지 사랑할 수 있으리라고는 생각해본 적도 없어요. 그만큼 당신을 사랑해요. 그러니 우리 행복해야 해요. 우리 이제 조용히 살아요. 이제 과거의 부끄러운 내 삶은 안녕이에요. 당신도 내 과거를 탓하지 말아주세요."

나는 감동에 목이 메어 아무 말도 할 수 없었습니다. 그녀가 프뤼당스에게 말했습니다.

"자, 지금 우리 모습을 있는 그대로 공작에게 보고해줘요. 그리고 우리는 당신 따위하고는 아무런 볼일도 없다고 전해줘요."

그날 이후 그녀는 정말로 변했습니다. 그녀는 이전에 내가 알던 그녀가 아니었습니다. 세상 그 어느 아내나 누이도 마르그리트가 내게 주는 만큼의 사랑을 남편이나 누이에게 보인 적이 없을 것이라고 말할 정도였습니다. 그녀는 이전의 사치스러운 생활과 관련된 모든 버릇을 단번에 버렸고 옷도 지극히 평범하게 입고 나와 강가를 거닐었습니다. 그녀를 보고 불과 네 달 전만 해도 사치와 추문으로 파리 전체를 들썩이게 했던 마르그리트 고티에라고 생각할 사람은 아무도 없었을 것입니다.

우리는 두 달 동안 파리에 가지 않았습니다. 프뤼당스와 쥘리 뒤프라 외에는 우리를 찾아오는 사람도 없었습니다. 쥘리에 대해서는 이미 말씀드렸지요? 마르그리트가 남겨놓은 일기를 가지고 있던 여자입니다.

나는 하루 내내 연인 곁을 떠나지 않았고 우리는 지금까지 우리가 이해할 수 없었던 진실한 삶이 어떤 것인가를 매일 곱씹고 누리며 지냈습니다. 마르그리트는 마치 철없는 열 살짜리 소녀 같았습니다. 나비나 잠자리를 쫓으며 정원에서 뛰어놀았고, 이름 없는 풀꽃들을 바라보거나 꺾으면서 행복해했습니다.

이때부터 그녀는 『마농 레스코』를 읽기 시작했습니다. 책을 읽으면서 자신의 감상을 종이에 적는 모습을 나는 자주 볼 수 있었습니다. 그리고 여자가 한 남자를 진정으로 사랑하게 되면 마농 같은 행동은 하지 않을 거라고 내게 말하곤 했습니다.

그동안 공작이 두세 번 편지를 보냈다는 이야기를 해야겠군요. 공작은 돈줄을 끊기만 하면 마르그리트가 자기에게 돌아오리라 생각했던 모양입니다. 하지만 그 방법이 소용이 없자 어떤 조건이라도 받아들일 테니 다시 이전처럼 방문을 허락해달라고 했습니다. 마르그리트는 그의 편지를 읽지도 않고 제게 주었고 나는 그의 편지를 읽은 후 찢어버렸습니다. 늙은 공작이 가엾다는 생각이 들기도 했지만 마르그리트에게 그를 다시 만나보라고 할 수는 없었습니다.

　답장을 받지 못한 공작은 편지를 더 이상 보내지 않았고 우리는 둘만의 꿈 같은 생활을 계속해나갔습니다.

제11장

143

제12장

우리에게는 더없이 달콤하고 행복한 새로운 삶이었지만 그에 대해 길게 이야기는 안 하겠습니다. 그냥 시시한 소꿉놀이처럼 보일 수도 있으니까요.

우리는 밤이 되면 가끔씩 작은 나무 아래 앉아 우리들의 보금자리를 내려다보곤 했습니다. 또 어떤 날은 침실을 커튼으로 가리고 하루 종일 함께 누워 있기도 했습니다. 마치 온 세상이 그대로 멈춰버린 것 같은 느낌이었습니다. 나닌만이 식사를 가져올 때 문을 열 수 있을 뿐이었습니다. 우리는 식사 때조차 침대에 누운 채 장난을 치다가 그대로 다시 잠에 빠지곤 했습니다. 우리는 사랑에 푹 잠겨, 마치 가끔 숨을 쉬기 위해 수면 위로 떠오르는 잠수부 같았습니다.

그런데 그렇게 행복한 가운데도 마르그리트는 무슨 걱정이 있는지 가끔 한숨을 내쉬는 것을 나는 눈치챌 수 있었습니다. 내가 왜 그러느냐고 물으면 그녀는 이렇게 대답했습니다.

"아르망, 우리는 흔한 사랑을 하는 게 아니에요. 당신은 나를 정말 진정으로 사랑해주고 있어요. 하지만 언젠가 당신이 내 과거 때문에 우리들의 사랑을 후회하게 될까봐, 나도 모르게 걱정이 되는 거예요. 다시 예전의 생활로 돌아간다면 나는 죽어버릴 것 같아요. 그러니 말해주세요. 절대로 나를 버리지 않겠다고."

"맹세할 수 있어."

그러자 그녀가 말했습니다.

"아르망, 벌써 겨울이네요. 우리 함께 어디론가 떠나요. 파리로부터 더 먼 곳으로. 우리 이탈리아로 가요. 내 물건을 모두 팔고 거기로 가요. 그곳에서는 아무도 나를 알아보지 못할 거 아니에요?"

"마르그리트, 당신 물건을 팔 필요 없어. 내가 가진 돈으로도 거기 가서 5~6개월은 충분히 지낼 수 있으니 함께 갑시다."

그러자 그녀는 다시 어두운 낯빛으로 말했습니다.

"됐어요. 당신 돈을 너무 많이 쓰게 할 수는 없어요. 날이 우

제12장

145

중충해서 내가 공연한 말을 한 것 같아요."

그런 일이 여러 번 반복되었지만 그녀는 몸이 좋지 않아서 그렇다고 말할 뿐 왜 그렇게 슬픈 표정을 짓는지 이유는 말해 주지 않았습니다.

우리들의 보금자리를 방해하고 싶지 않아서인지 프뤼당스도 거의 우리를 찾지 않았습니다. 대신 편지를 가끔 보내올 뿐이었습니다. 그리고 마르그리트가 답장을 하는 모습을 가끔 볼 수 있었습니다. 나는 편지 내용이 궁금했지만 편지가 들어 있는 서랍을 잠가버려서 볼 수가 없었지요.

어느 날 나는 도저히 궁금증을 참을 수 없어서 그녀에게 파리에 가서 아버지가 보내신 편지를 찾아와야겠다며 나 혼자 파리로 갔습니다. 프뤼당스를 만나기 위해서였지요.

나는 프뤼당스를 통해서 마르그리트가 자기 소유의 말과 마차, 보석들을 팔거나 전당포에 맡겼다는 사실을 알게 되었습니다. 그리고 그 돈을 모두 빚을 갚는 데 썼다는 사실도 알게 되었습니다.

내가 프뤼당스에게 물었습니다.

"마르그리트에게 빚이 아직도 있는 겁니까?"

"아직 3만 프랑이 남았어. 마르그리트가 공작에게 버림받고 돈 한 푼 없는 젊은이와 살고 있다는 소문이 다 났어. 가구 가게 주인 등 채권자들이 그 소문을 듣고 재산을 압류하려 하니까, 마르그리트가 자기 물건들을 팔거나 저당 잡히고 급한 불을 끈 거야. 나는 마르그리트에게 제발 정신 차리고 다시 돌아오라고 몇 번이나 편지를 했어. 하지만 당신을 사랑하니까 배신할 수 없다는 답장만 보내더군. 정말이지 아름다운 시 같은 이야기지. 하지만 시만 쓰면서 살아갈 수는 없어. 당장 3만 프랑이 없다면 이도 저도 못할 처지가 될걸."

"걱정 말아요. 그 돈은 내가 내놓을 겁니다."

"대단하시군. 아버지와도 싸우고 자기 재산을 저당 잡히겠다 이거지? 아무리 그래도 3만 프랑을 마련하기는 힘들걸. 아르망, 여자에 대해서는 내가 잘 아니까, 내 말을 들어. 마르그리트랑 헤어지라는 게 아니야. 그냥 전처럼 살아. 공작도 모든 걸 다 묻어버리고 전처럼 그녀를 도와줄 거야. N 백작은 당장 그녀의 빚을 다 갚아주고 한 달에 4~5천 프랑을 그녀에게 줄 용의가 있다고 어제까지도 내게 말했어. 그 사람은 바보 같은 사람이니 당신은 얼마든지 마르그리트와 애인으로 지낼 수 있어. 마르그리트가 결혼한 여자이고 그 남편에게서 그녀를 빼앗는 거라고 생각하면 되잖아.

빨리 그녀를 파리로 데려와. 벌써 다섯 달이나 함께 살았잖아. 그냥 눈만 감고 있으면 되는 거야. 마르그리트는 이번 겨울에 돈을 열심히 모을 테고, 그 돈으로 내년 여름에 또 함께 지내면 되잖아. 어때, 내 말이 틀렸어?"

당연히 나는 그녀에게 화를 냈습니다. 그리고 그녀에게 말했습니다.

"3만 프랑이 언제까지 필요한 겁니까?"

"두 달 내로."

"내가 당신에게 반드시 두 달 내로 건네주겠습니다. 하지만 마르그리트에게는 비밀로 해야 합니다."

나는 집에 들러 아버지가 보내신 편지가 있는지 확인했습니다. 모두 네 통의 편지가 와 있었습니다.

세 통은 아무 소식이 없는 나를 궁금해하는 안부 편지였습니다. 그리고 마지막 편지에는 가까운 시일 내에 나를 만나러 파리로 오시겠다는 사연이 적혀 있었습니다. 전에도 말했지만 나는 아버지를 진심으로 존경하고 있었습니다. 나는 잠시 여행중이었기에 연락을 드릴 수 없었다며 파리에 오실 날짜를 알려주시면 마중 나가겠다고 답장을 보냈습니다.

나는 심부름꾼에게 내가 있는 곳 주소를 알려주며 C시의 소인이 찍힌 편지가 오는 대로 내게 보내라고 지시한 후 부지발로 돌아갔습니다.

마르그리트는 내가 프뤼당스를 만나고 온 것을 알고 있었습니다. 혹은 지레짐작으로 알고 있는 척했는지도 모릅니다. 나는 굳이 감출 필요가 없다는 생각에 그렇다고 인정한 후 말했습니다.

"덕분에 당신의 말과 마차, 보석들이 어떻게 되었는지 알게 되었지."

"화나셨어요?"

"돈이 필요하면 내게 말하면 될 것을, 그렇게 몰래 일을 처리하니 화가 나지 않을 도리가 있나?"

"당신, 지금 내 처지를 생각해보세요. 당신에게 내가 돈이 필요하다고 손을 내밀 수 있겠어요? 나는 당신에게 조금이라도 계산적인 사랑을 한다는 모습을 보이기 싫었어요. 조금 고생이 되더라도 내가 할 수 있는 일은 혼자 다 해보고 싶었어요. 내게 말 따위는 이제 필요하지 않아요. 보석도 필요 없어요. 그런 것 없이도 잘 살아갈 수 있어요. 그런 것 없어도 당신이 날 사랑해주잖아요."

"나는 당신이 나랑 살기 때문에 초라해지는 것을 보고 싶지 않아. 당신이 나와 사는 것을 조금이라도 후회하게 만들고 싶지 않아. 나는 이렇게 수수한 당신보다 화려한 당신이 훨씬 좋아."

"당신은 내가 아직 사치를 하지 않고는 못 배기는 여자로 알고 있군요. 그리고 내게 언제고 돈을 지불할 생각을 하고 있고요. 입으로는 안 그렇다고 하면서도 언젠가 나랑 헤어질 준비를 하고 있는 거지요? 사람들이 이러쿵저러쿵 떠들어도 양심에 가책을 안 느끼려고 대책을 세우는 거지요?"

"나는 당신이 행복하길 바라는 것뿐이야. 그 외에 다른 무슨 말이 필요 있어?"

"그렇다면 내 말을 따라야지요. 당신은 이해타산을 떠난 사랑을 믿지 않는 거예요? 나는 당신이 지금 가지고 있는 돈으로 살아가려고 했어요. 그 정도 돈으로도 우리는 얼마든지 행복하게 살 수 있어요. 내가 사치스럽고 허영에 들뜬 생활을 했던 건 사실이에요. 내 행복이 그런 허영에 있다고 생각했던 것도 사실이에요. 하지만 그건 아무도 진심으로 사랑하지 않았을 때 이야기예요. 진정한 사랑을 알게 되면 그런 건 다 시시해지게 마련이에요. 당신 손으로 내 빚을 갚고 재산도 날리시겠다고요? 도대체 얼마나 그러실 수 있어요? 기껏해야 두세 달이에요.

우리는 지금 당신의 연 수입 8천 프랑으로 살아가야 해요. 그거면 살 수 있어요. 나도 내가 가지고 있는 걸 다 팔면 빚을 갚고도 1년에 2천 프랑은 손에 넣을 수 있어요. 그 돈이면 아담한 집을 얻어서 둘이 잘 살 수 있어요. 아르망, 제발 나를 다시 예전의 나로 되돌리지 말아요."

내게서는 감사와 사랑의 눈물이 흘러내렸습니다. 아아, 그녀는 진정으로 나를 사랑하고 있었고, 그 사랑으로 새로운 삶을 설계하고 있었던 것입니다. 나는 그녀의 품에 와락 안겼습니다. 그러자 그녀가 말을 이었습니다.

"나는 당신 모르게 모든 걸 매듭짓고 새로운 집을 마련하려고 했어요. 10월이면 이 집 임대도 끝나고 파리로 돌아가야 하잖아요. 그때 당신에게 모든 걸 다 말해주고 허락을 받으려고 했어요. 그런데 프뤼당스가 당신에게 모든 걸 털어놓은 거예요. 당신, 지금이라도 허락해주실 거지요?"

나는 대답 대신 그녀의 손에 입을 맞추었습니다.

우리는 바로 파리로 갔습니다. 그리고 셋집을 찾아다니기 시작했습니다. 아, 참, 이 이야기는 해야겠군요. 나는 어머니의 유산에서 나오는 돈을 모두 마르그리트에게 주기로 결심했습니다. 내가 매년 받는 돈은 어머니가 남기신 집에서 나오는 것이었습니다. 나는 마르그리트를 쥘리 뒤프라의 집에 남겨놓고 공증인에게 갔습니다. 그는 우리 집안과 오래전부터 알고 지내던 사람이었습니다. 내 돈을 증여할 사람의 이름이 필요했기에 나는 그에게 모든 걸 다 털어놓았습니다. 나는 그가 나를 설득하려 들 줄 알았습니다. 그런데 웬일인지 반대한다는 말은 한마디도 하지 않고 모든 일을 알아서 잘 처리하겠다고 했습니다.

셋집을 찾아다니면서 마르그리트와 나는 의견 충돌이 잦았습니다. 그녀는 집을 볼 때마다 집세가 너무 비싸다고 퇴짜를 놓았고 나는 집이 너무 초라하다고 반대를 했습니다. 그러다가 파리에서 가장 조용한 곳에 있는 조촐한 집을 하나 구하기로 합의를 보았습니다. 안채와 멀리 떨어져 있는 별채였습니다. 별채 뒤로 아담한 정원이 있었으며 알맞은 높이의 담장이 쳐져 있어, 얼마든지 바깥 경치를 즐길 수 있는 집이었습니다.

집을 구한 뒤 나는 내가 지금 살고 있는 집의 계약을 매조지하러 갔고, 마르그리트는 자기 가재도구들을 처분하기 위해 중개업자에게 갔습니다. 그는 마르그리트에게 모든 가구를 처분해서 빚을 갚은 뒤 그녀에게 2만 프랑을 건네주겠다는 약속을 했습니다. 세상 물정 모르는 나와 마르그리트는 크게 기뻐했지만 당신도 알다시피 그는 앉아서 3만 프랑 이상의 이익을 남기려는 속셈이었지요.

파리에서 모든 볼일을 다 본 후 우리는 다시 부지발로 돌아갔습니다. 그리고 아름답게 빛나고 있는 우리의 미래에 대해 이야기를 나누었습니다.

그렇게 행복한 꿈에 젖어 일주일쯤 지났을 때였습니다. 점심 때쯤 심부름꾼이 찾아와서 내게 말했습니다.

"나리, 나리의 아버님께서 파리에 오셨습니다. 나리의 집에서 기다리시겠다며 얼른 올라오라고 하셨습니다."

나와 마르그리트는 서로 얼굴을 마주 보았습니다. 언제고 올 일이었지만 예감이 좋지 않았습니다. 하지만 나는 아무 내색 않고 그녀에게 손을 내밀며 말했습니다.

"아무 걱정할 것 없어요. 내가 다 알아서 할게."

그러자 그녀가 내게 입을 맞춘 후 말했습니다.

"되도록 빨리 돌아오셔야 해요. 창문으로 내다보며 당신이 오길 기다리고 있겠어요."

두 시간 후 나는 파리의 프로방스 거리로 돌아왔습니다.

제13장

아버지는 실내복을 입으신 채 응접실에 앉아서 편지를 쓰고 계셨습니다. 내가 들어서자 아버지는 싸늘한 눈초리로 나를 바라보셨습니다. 아버지는 편지를 심부름꾼에게 주면서 갖다 부치라고 하신 후 제게 말씀하셨습니다.

"아르망, 네게 긴히 할 말이 있다."

"말씀하십시오, 아버지."

"솔직하게 말하겠느냐? 단도직입적으로 묻겠다. 네가 마르그리트 고티에라는 여자와 살고 있는 게 사실이냐?"

"그렇습니다."

"그 여자가 본래 뭐 하던 여자인지는 묻지 않아도 되겠지?"

"화류계 여자였습니다."

"언제까지나 그런 생활을 할 수 없다는 건 너도 잘 알겠지?"

"아버지, 저도 생각을 많이 해봤습니다. 그리고 걱정도 많이 했습니다. 하지만 이런 생활을 할 수 없다고는 생각하지 않습니다."

아버지의 눈꼬리가 올라갔습니다.

"내가 허락해줄 리 없다는 건 잘 알 텐데."

"아버지, 우리는 진정으로 사랑하고 있습니다. 아버지의 이름과 가문을 더럽히는 일만 하지 않는다면 이런 생활을 계속할 수 있다고 생각합니다."

"네가 이미 가문에 먹칠을 하고 있다는 걸 모르느냐? 너에 대한 좋지 않은 소문이 내가 살고 있는 시골까지 들려오고 있다. 이게 명예를 더럽히는 게 아니라면 뭐란 말이냐? 당장 그만두어라."

"아버지, 정말 죄송하지만 제 말씀 좀 들어주십시오. 그런 소문을 낸 사람들은 우리가 어떤 관계인지 잘 모르고 쑥덕거리는 사람들일 뿐입니다. 우리는 연인입니다. 저는 화류계 여성과 함께 사는 게 아닙니다. 그녀와 함께 살면서 저는 쓸 만한 정도의 돈만 쓰고 있으며 명예에 어긋나는 짓은 조금도 하고 있지 않습니다."

내가 완강하게 말했지만 아버지는 예상외로 부드러운 낯빛으로 말씀하셨습니다.

"아들아, 나는 너를 사랑한다. 나는 네가 행복하기만을 바란다. 네가 마흔 살이 되었을 때, 지금의 너를 다시 떠올려보면 어떨 것 같으냐? 방탕했던 스스로를 비웃을 거다."

내가 아무 말이 없자 아버지가 말씀을 계속하셨습니다.

"돌아가신 어머니를 생각해서라도 마음을 돌리도록 해라. 너도 이제 스물네 살이지 않느냐? 네 미래를 생각할 수 있는 나이가 되지 않았느냐? 너희 사랑이 언제까지 갈 것 같으냐? 너희는 자신들의 사랑을 아름답게 포장하고 있을 뿐이란다. 조금만 냉정해지면 의외로 쉽게 잊을 수 있을 거다. 자, 앞날을 생각해라. 그 여자와 헤어지고 파리를 떠나 한두 달 여동생과 지내도록 해라. 그러면 열병이 나을 거다. 그리고 때맞춰 내가 잘 찾아와주었다고 감사하게 될 거다."

다른 여자와의 관계에 대해서 아버지가 그렇게 말씀하셨다면 나는 지당하다고 생각했을 것입니다. 하지만 마르그리트와 저와의 관계는 달랐습니다. 나는 아버지께서 잘못 생각하고 계시다고 굳게 믿고 있었습니다. 하지만 아버지의 말씀이 너무 상냥하고 부드러워 나는 아무 말씀도 못 드리고 가만히 있었습니다.

내가 대답이 없자 아버지께서 약간 흥분된 어조로 물으셨습
니다.

"자, 어쩔 거냐?"

나는 마침내 딱 잘라 말했습니다.

"아버지, 아버지께서는 저와 마르그리트의 관계에 대해서 억
측을 품고 계십니다. 마르그리트는 아버지가 생각하시는 그런
여자가 아닙니다. 그녀는 저를 나쁜 길로 빠뜨리기는커녕 오히
려 훌륭한 생각을 하게 만들어줍니다. 상대방이 훌륭한 생각을
할 수 있게 해주는 것이 진정한 사랑이 아니겠습니까? 그녀는
매우 고결한 여자입니다. 그녀는 욕심도 없는 여자입니다."

"말 잘했다. 그렇게 욕심이 없다면서 네 모든 재산을 가로챈
단 말이냐? 네 어머니께 물려받은 재산을 받아낸단 말이냐?
그것이야말로 그 무엇과도 바꿀 수 없이 소중한 재산이라는 걸
너는 모른단 말이냐? 그 이야기를 누구에게 들었는지 궁금하
겠지? 공증인이 내게 다 말해주었다. 네가 방탕의 길로 빠지는
게 안타까워서 내게 말해준 거다."

"아버지, 모르고 하시는 말씀이십니다. 마르그리트는 그 사
실을 전혀 모르고 있습니다."

"너 혼자 그랬다고? 도대체 왜 그랬지?"

"그녀가 나와 살기 위해 온갖 희생을 치렀기 때문입니다. 그녀 혼자 희생을 치르게 하고 싶지 않았습니다."

"뭐야? 마르그리트 같은 여자가 치르는 희생을 받아들였다고? 그러고도 네가 남자냐? 이제 더 이상 할 말 없다. 그 여자와 헤어져라. 자, 짐을 싸서 함께 가자."

"아버지, 죄송하지만 그럴 수 없습니다. 저는 이제 아버지께서 시키시는 대로 할 나이가 아닙니다."

아버지는 분연히 일어나시더니 말씀하셨습니다.

"좋다. 마음대로 해라. 나는 나대로 생각이 있으니."

아버지는 짐을 호텔로 옮기라고 심부름꾼에게 말씀하신 뒤 옷을 챙겨 입으셨습니다. 나는 밖으로 나가시려는 아버지께 간절하게 말씀드렸습니다.

"아버지, 제발 부탁입니다. 부디 마르그리트를 괴롭히는 일은 하지 말아주십시오."

아버지는 나를 경멸의 눈으로 쳐다보시며 말씀하셨습니다.

"어리석은 놈 같으니!"

아버지는 거칠게 문을 닫고 나가셨습니다.

아버지가 나가시자마자 저도 집을 나와 부지발로 갔습니다.

마르그리트가 창가에 기댄 채 내가 돌아오기만을 기다리고 있었습니다.

그녀는 나를 와락 껴안으며 말했습니다.

"아, 이제 돌아오셨군요. 그런데 얼굴빛이 왜 이렇게 안 좋아요?"

나는 그녀에게 아버지와 나 사이에 있었던 일을 이야기해주었습니다.

그녀가 걱정스러운 표정으로 말했습니다.

"이제 어떻게 하지요?"

"이럴수록 우리는 함께 있어야 해. 폭풍이 지나가기를 기다리는 수밖에 없어. 나는 아버지를 설득할 거야. 아버지는 현명하신 분이니 당신을 알게 되면 생각이 달라지실 거야. 그러니 너무 신경 쓸 것 없어요."

"그래요. 당신을 믿을게요. 하지만 아버님께 너무 맞서지 말아요. 아버님 말씀을 받아들이는 척이라도 해보세요. 그러면 오히려 너그럽게 봐주실지도 몰라요. 아르망, 힘을 내요. 어떤 일이 있더라도 마르그리트는 절대로 당신 곁을 떠나지 않으리라는 것만 믿어주세요."

다음 날 10시에 나는 집을 나섰습니다. 그리고 점심때쯤 아

제13장

159

버지가 묵고 계신 호텔에 도착했습니다. 하지만 아버지는 이미 외출 중이셨습니다. 내 집으로도 가보고 공증인에게도 가보았지만 아버지는 어디에도 계시지 않았습니다. 나는 다시 호텔로 돌아가 6시까지 기다렸지만 아버지는 돌아오지 않으셨습니다. 나는 다시 부지발로 돌아갈 수밖에 없었습니다.

그런데 마르그리트가 전날처럼 나를 문 앞에서 기다리지 않고 집 안 난로 곁에 앉아 있었습니다. 무슨 생각을 골똘히 하고 있는지 내가 곁에 갈 때까지 꼼짝도 하지 않고 있다가, 내가 그녀의 이마에 입술을 갖다 대자 화들짝 놀라 정신을 차렸습니다.

그녀가 내게 물었습니다.

"어떻게 됐어요?"

"아버지를 못 만났어. 이제 할 도리를 다 한 셈이니 아버지께서 부르실 때까지 기다리는 수밖에 없어."

"아니에요. 내일 다시 찾아뵙도록 해요. 그래야만 당신 정성이 어느 정도인지 아실 수 있을 거예요. 내일 꼭 찾아뵙도록 하세요."

나는 그녀가 왜 그렇게 강요를 하는지 알 수 없었지만 그러겠다고 대답했습니다.

밤새 그녀를 위로하면서 보낸 나는 다음 날 다시 길을 나섰습니다. 나를 배웅하는 그녀의 얼굴에 왠지 수심이 가득했지만 내가 아버지와 만나 나누게 될 이야기가 걱정되어서 그러려니 생각했을 뿐입니다.

아버지는 전날과 마찬가지로 호텔에 계시지 않았습니다. 대신 내게 전할 쪽지를 남겨두셨습니다.

오늘도 나를 만나러 왔다면 4시까지 기다려라. 내가 4시 까지 돌아오지 않는다면 내일 다시 오거라. 저녁이라도 함께 하도록 하자. 네게 긴히 할 말이 있다.

나는 4시까지 기다렸습니다. 하지만 아버지는 돌아오시지 않으셨습니다. 나는 호텔을 나서서 다시 기차를 타고 부지발로 돌아갔습니다.

내가 도착하니 마르그리트는 열에 들뜬 듯 안절부절못하고 있었습니다. 내가 집에 들어서자 그녀는 내 목을 와락 껴안고 품에 안긴 채 눈물을 흘렸습니다.

내가 무슨 일이 있었느냐고 물어도 그녀는 대답 없이 점점 더 슬퍼하기만 했습니다. 나는 나닌을 불러 혹시 누군가 찾아온 적이 있었느냐고 물었습니다. 하지만 나닌은 손님은 물론이

제13장

고 편지 같은 것도 없었다고 대답했습니다.

그러는 동안 그녀는 내 품에 안긴 채 잠이 들었습니다. 그러나 편한 잠은 아니었습니다. 그녀는 자다가 이따금 비명을 질렀고 깜짝 놀라 눈을 뜨기도 했습니다. 그럴 때마다 내가 옆에 있는 것을 보고는 안심하며, 자기를 영원히 사랑한다고 맹세하라고 자꾸 말했습니다.

우리는 그렇게 자는 둥 마는 둥 하면서 밤을 지새웠습니다. 그리고 아침이 되어서야 그녀는 끄덕끄덕 졸기 시작했습니다. 그도 그럴 것이 그녀는 거의 이틀 밤, 잠을 자지 못한 셈이었으니까요.

그러나 그녀의 잠은 그리 오래가지 못했습니다. 11시쯤 되었을 때 그녀가 눈을 뜬 것입니다. 그녀가 내게 물었습니다.

"몇 시에 파리로 떠나실 거예요?"

"4시쯤 가려고."

"그렇게 빨리요? 그때까지는 나랑 함께 있어줄 거죠?"

"당연하지. 언제나 그랬듯이."

"갔다가 오늘 밤 돌아오실 거지요? 언제나 그랬듯이 당신을 기다릴게요. 앞으로도 나를 계속 사랑해주세요. 지금처럼 우리 영원히 행복하게 살아요."

나는 그녀가 심하게 병에 걸린 건 아닌지 걱정이 되어서 말했습니다.

"당신이 이렇게 아프니 이대로 두고 갈 수가 없어. 아버지께 나중에 가겠다고 편지할게."

그러자 그녀가 황급히 소리쳤습니다.

"아뇨, 안 돼요! 당신이 안 가시면 아버님께서 나를 탓하실 거예요. 난 하나도 아프지 않으니까 당신은 꼭 가야 해요! 꼭이요! 이것 보세요. 난 이렇게 기분이 좋잖아요."

그녀는 쾌활한 척하려고 애를 썼으며 눈물도 보이지 않았습니다.

드디어 떠날 시간이 되자 나는 그녀에게 정류장까지 함께 가자고 말했습니다. 바람이라도 쐬면 그녀 기분이 좀 나아질 것 같아서였습니다. 정류장에서 기차에 오르며 나는 그녀에게 저녁에 보자고 말했습니다. 하지만 그녀는 아무 대답이 없었습니다. 마음이 걸리기는 했지만 그녀가 딴마음을 품고 있으리라는 생각은 전혀 들지 않았습니다.

파리에 도착한 나는 프뤼당스를 찾아갔습니다. 활발한 그녀가 마르그리트의 병문안을 가주면 그녀에게 큰 위안이 될 것 같아, 부탁하기 위해서였습니다. 그러나 그녀는 오늘은 선약이 있어서 갈 수 없다며 내일 가보겠다고 말했습니다. 그런데 분명히 내게 뭔가 숨기고 있다는 느낌을 지우기 어려웠습니다.

그녀와 헤어진 나는 아버지가 묵고 계신 호텔로 갔습니다. 아버지는 나를 기다리고 계셨습니다.

나를 보자마자 아버지께서 내게 말씀하셨습니다.

"내가 아무래도 좀 과장되게 생각했던 것 같다. 이제 네게 잔소리를 하지 않기로 했다."

나는 잘못 들은 게 아닌지 내 귀를 의심했습니다.

"정말이세요, 아버지?"

"그래, 내가 너무 엄하게 생각했던 것 같다. 너도 한창 젊을 때니 여자가 하나쯤 있어도 상관없겠지. 여러 가지 이야기를 들어보니 다른 여자가 아니라 고티에라는 게 다행이라는 생각도 든다."

나는 너무나 기뻐서 얼른 돌아가서 이 소식을 마르그리트에게 전하고 싶었습니다. 나는 자꾸만 시계를 보았습니다. 아버지께서는 오늘 밤은 당신과 함께 지내고 내일 돌아가는 게 어떻겠냐고 제게 권하셨습니다. 하지만 제가 굳이 그날로 돌아가겠다고 우기자 아버지께서 말씀하셨습니다.

"그 여자가 무척 마음에 드는 모양이로구나."

"미칠 듯 사랑합니다, 아버지."

"그러면 가보도록 해라."

이 말씀을 하시면서 아버지는 이마에 손을 댔습니다. 마치 뭔가 머리에 떠오른 생각을 몰아내려는 것처럼 보였지만 내게는 그런 것을 궁금해할 겨를도 없었습니다. 아버지는 무언가 말을 하려는 듯 입을 여셨다가 내 손을 잡는 것으로 그쳤습니다. 그러고는 "그럼 내일 보자꾸나"라는 말씀만 하셨습니다.

제14장

부지발로 나를 싣고 가는 기차는 꼭 멈춰 서 있는 것같이 느껴졌습니다. 나는 11시가 다 되어서야 부지발에 도착했습니다.

그런데 불이 밝혀진 창문이 하나도 없었습니다. 초인종을 눌러도 대답이 없었습니다. 이제까지 단 한 번도 없던 일이었습니다.

얼마 후 정원사가 겨우 모습을 드러내며 문을 열어주었습니다. 내가 집 안으로 들어가니 나닌이 등불을 들고 서 있었습니다. 내가 나닌에게 물었습니다.

"마님 어디 계시니?"

"파리에 가셨습니다."

"파리?"

"네, 나리."

"도대체 언제 갔단 말이냐?"

"나리께서 떠나신 지 한 시간 뒤에 가셨어요."

그러자 온갖 의혹이 떠올랐습니다. 프뤼당스는 왜 뭔가 감추는 것 같은 태도를 보였지? 아버지는 왜 갑자기 그렇게 다정해지신 거지?

그리고 마르그리트가 굳이 나를 파리로 보내려 하면서 내가 남아 있으려고 하자 몸도 아프지 않다며 호들갑을 떠는 척하던 것도 떠올랐습니다.

혹시 내가 함정에 빠진 걸까? 마르그리트가 나를 속인 걸까? 왜 나닌에게 아무 말도 안 했고 내게 쪽지 하나 남기지 않은 걸까? 어제부터 왜 갑자기 눈물을 흘린 걸까?

텅 빈 방 안에서 안절부절못하며 이런저런 생각에 빠져 있는 사이 시계는 어언 12시를 가리키고 있었습니다. 이제 그녀가 돌아오기에는 너무 늦었다는 것을 알려주는 것 같았습니다. 하지만 그녀가 나를 배신했으리라는 생각은 들지 않았습니다. 함께 살 보금자리를 마련하면서 그토록 즐거워하던 그녀가 이렇게 갑자기 나를 배신한다는 건 있을 수 없는 일이었습니다.

그렇더라도 불안하기는 마찬가지였습니다. 그녀에게 무슨

일이 생긴 건 아닐까? 병이 나서 쓰러진 것은 아닐까?

새벽 1시가 되어도 그녀가 돌아오지 않자, 나는 한 시간만
더 기다렸다가 파리로 직접 가보는 수밖에 없다고 결심했습니
다. 나는 자리에서 일어나 주위를 둘러보았습니다. 탁자 위에
『마농 레스코』가 펼쳐져 있었습니다. 책장을 넘겨보니 군데군
데 눈물로 얼룩이 져 있었습니다.

시간이 흘러 새벽 2시가 되었습니다. 어느새 구름이 몰려와
가을비가 창문을 두드리고 있었습니다. 방 안에 있는 모든 물
건이 내 마음을 반영하듯 모두 우울하고 음침하게만 보였습니
다. 나는 방에서 나왔습니다.

비가 오는데 어딜 가시려느냐고 말리는 나닌을 뒤로한 채 나
는 안탱가 9번지 열쇠를 주머니에 넣고 파리를 향해 걷기 시작
했습니다. 이 시간에 마차가 다닐 리 없었으니 끝까지 걸어가
야만 했습니다.

나는 열심히 뛰었습니다. 30분을 달리자 온몸이 비와 땀으로
범벅이 되었습니다. 내가 파리의 관문인 에투알 개선문에 도착
하기까지는 두 시간이 걸렸습니다. 파리 시내에 도착하자 내게
는 새로운 힘이 솟았습니다. 내가 안탱가에 도착했을 때는 마
치 죽어 있는 것 같던 대도시가 막 잠에서 깨어나려던 순간이

었습니다. 마르그리트의 집에 들어서자 성당에서 새벽 5시를 가리키는 종이 울리고 있었습니다.

나는 문지기에게 내 신분을 밝힌 후 안으로 들어갔습니다. 이제까지 내게서 수차례에 걸쳐 20프랑짜리 금화를 받은 적이 있었으니 새벽 5시에 안으로 들어가는 것을 나의 정당한 권리라고 생각했을 것입니다.

집 안으로 들어가서 샅샅이 뒤졌지만 집은 텅 비어 있었습니다. 나는 황급히 집에서 나와 옆집으로 가서 초인종을 눌렀습니다. 문지기가 문을 열고 누구를 찾느냐고 물었습니다.

"뒤베르누아 부인을 찾아왔소."

"아직 안 돌아오셨습니다. 낮에 어떤 부인과 둘이 마차를 타고 떠나는 건 봤지만 돌아오지는 않았습니다. 어젯밤에 온 편지도 아직 그냥 가지고 있는데요."

그러면서 그는 내게 편지를 슬쩍 보여주었습니다. 마르그리트의 필적이었습니다. 나는 그 편지를 얼른 낚아챘습니다. 겉봉에는 이렇게 쓰여 있었습니다.

뒤베르누아 부인, 뒤발 씨를 만나면 이 편지를 전해주세요.

나는 문지기에게 겉봉의 글을 보여주며 말했습니다.

"내가 뒤발이니 이 편지는 내게 온 거요."

나는 큰길로 나가 편지를 뜯었습니다. 설령 코앞에서 벼락이 떨어진다 해도 그 이상 놀라지 않을 내용이 적혀 있었습니다.

아르망, 당신이 이 편지를 읽을 때면 나는 이미 다른 남자의 품에 안겨 있을 거예요. 우리의 관계는 이제 끝났어요. 부디 아버님 곁으로 돌아가 누이동생을 만나세요. 우리 같은 여자와는 달리 티 없이 순수한 그분과 지내신다면 마르그리트 고티에처럼 방탕한 여자 때문에 겪은 고통은 쉽게 잊을 수 있을 거예요. 당신이 잠시나마 사랑해주었던 여자는, 당신 덕분에 평생 처음으로 행복한 시간을 보낼 수 있었답니다. 지금은 그 여자의 인생이 길지 않기를 그 여자는 바라고 있답니다.

나는 그 자리에서 쓰러질 것 같았습니다. 혼자서 이 충격을 감당하기 어려울 것 같았습니다. 다행히 이 도시에는 아버지가 계셨습니다. 나는 미친 것처럼 허둥지둥 아버지가 묵고 계신 호텔로 뛰어갔습니다.

아버지는 책을 읽고 계셨습니다. 내 모습을 보고도 놀라시지 않는 것을 보니 아마 내가 찾아올 것을 알고 계신 것 같았습니다. 나는 아버지에게 다가가 마르그리트의 편지를 건네 드린 후 그 앞에 쓰러져 하염없이 울었습니다.

제15장

그날 이후 세상은 완전히 바뀌었습니다. 어제와는 전혀 다른 하루가 나를 기다리고 있었습니다. 지금이라도 당장 부지발로 돌아가면 마르그리트가 나를 기다리고 있을 것만 같았습니다. 나는 이 모든 것이 악몽이 아니라는 것을 확인하기 위해 마르그리트의 편지를 읽고 또 읽었습니다. 한밤중에 그 먼 거리를 비를 맞으며 뛰어온 데다 이런 충격적인 편지까지 받고 보니 나는 손가락 하나 움직일 수 없을 만큼 기진맥진했습니다.

그런 나를 아버지가 위로해주시며 함께 고향으로 내려가자고 하셨습니다. 나는 아버지께 거역할 힘도 없었고 그럴 생각도 없었습니다. 어디서든 따뜻한 정을 받으며 살아가야겠다는 생각이었고 나를 위로해주는 아버지께 감사하는 마음도 들었습니다.

나는 거의 정신이 없는 상태에서 아버지와 함께 마차에 올랐습니다. 아니 내 힘으로 오른 게 아니라 들려서 실렸다고 하는 게 옳을 겁니다. 나는 아버지 입에서 "거봐라. 내가 뭐라고 그랬니? 그런 여자에게서 참사랑을 기대하다니"라는 말이 나올까 봐 두려웠습니다. 하지만 아버지는 마르그리트에 관한 이야기는 한마디도 안 하시고 다른 이야기만 하셨습니다.

내가 C시로 가서 지낸 지도 한 달이 지났습니다. 내가 치유되었을까요? 아니었습니다. 사냥을 가서도 총알도 장전하지 않은 총을 놓고 멍하니 있기 일쑤였습니다. 그리고 밤이나 낮이나 슬픈 표정은 내 얼굴에서 사라지지 않았습니다. 아버지도 나의 우울한 모습을 보고 함께 슬퍼하셨습니다. 나는 아버지 손을 꼭 쥐고 못난 모습만 보여드려 죄송하다고 사죄를 했습니다.

하지만 어쩔 수 없었습니다. 마르그리트를 내 머리와 가슴에서 몰아낼 수 없었습니다. 나는 그녀를 사랑했고 여전히 사랑하고 있었습니다. 그녀와의 관계를 완전히 끊고 마치 남인 양 생각한다는 것은 불가능한 일이었습니다. 그렇습니다. 그녀를 계속 사랑하든지 증오하든지, 어떤 식으로든 결론을 내려야만

제15장

173

했습니다. 내가 그녀에게 어떤 감정을 갖게 되든 한번 만나보아야만 했습니다.

그런 소망이 안에서 싹이 트자 일순간에 폭발했습니다. 그런 소망이 내 안에서 불을 뿜자 오랫동안 무기력하기만 했던 내 몸도 원기를 되찾았습니다. 단 한 순간도 지체할 수가 없었습니다.

내가 파리로 가겠다고 하자 아버지는 한사코 말리셨습니다. 내 속을 빤히 짐작하고 계셨던 거지요. 하지만 아버지는 내가 인내심의 한계에 도달했을 정도로 흥분하고 있음을 아셨습니다. 내 뜻대로 하게 내버려두지 않으면 무슨 일이라도 저지를까봐 겁을 내신 게 분명했습니다. 아버지는 눈물을 글썽이며 나를 끌어안으시더니, 되도록 빨리 돌아오라는 말씀과 함께 저를 놓아주셨습니다.

파리로 온 나는 내 집으로 가서 옷을 갈아입은 후 무턱대고 샹젤리제로 갔습니다. 날씨는 아주 좋았습니다.

반 시간쯤 어슬렁거리다보니 저 멀리 원형 광장에서 콩코르드 광장으로 달려오는 낯익은 마차가 눈에 띄었습니다. 바로 마르그리트의 옛 마차였습니다. 아마 다시 그 마차를 사들인 거겠지요.

마차가 섰기에 나는 가까이 가서 안을 들여다보았습니다. 하지만 그녀는 마차에 없었습니다. 나는 좀 황망해져서 주위를 둘러보았습니다. 그때 바로 그녀의 모습이 보였습니다. 마르그리트, 바로 그녀가 누군가 모르는 여자와 함께 마차를 향하여 걸어오고 있었던 것입니다. 내 옆을 스칠 때 그녀의 얼굴이 새파랗게 질렸습니다. 그리고 얼굴을 일그러뜨리며 묘한 미소를 지었습니다. 나는 심장이 세차게 두근거렸지만 겉으로는 냉담한 표정을 짓는 데 겨우 성공했습니다. 나는 헤어진 연인에게 싸늘한 눈인사를 보냈습니다.

그녀는 행복해 보였습니다. 만일 그녀가 불행에 빠져 있었다면 나는 복수고 뭐고 그녀를 기꺼이 용서했을 것입니다. 내가 그녀에게 베풀어줄 수 없었던 사치스러운 생활을 다른 남자가 가능하게 해준 것이 틀림없었습니다. 결국 이해타산을 따져본 결과 나와 헤어지자고 했을 것이라는 확신이 들었습니다. 나는 내가 겪은 괴로움을 그녀에게 되돌려줄 수밖에 없다고 결심했습니다.

나는 애써 웃는 얼굴을 하고 프뤼당스를 찾아갔습니다. 하녀가 내가 찾아온 것을 알리러 안으로 들어간 사이 나는 홀로 객실에서 기다리고 있었습니다. 이윽고 프뤼당스가 나타나서 나를 내실로 안내했습니다. 그때였습니다. 누군가 객실 문을 열고 나가는 것을 알 수 있었습니다.

"혹시 손님이 있는데 내가 방해가 되었나요?"

"아냐, 마르그리트가 있다가 당신이 온다는 소리에 밖으로 나간 거야. 당신이 자기와 마주치면 불쾌해할까봐 걱정이 돼서 나간 거지."

나는 숨이 막힐 지경이었지만 애써 숨을 가라앉히며 말했습니다.

"그럴 필요 있나요? 자기 마차와 가재도구들을 되찾기 위해서 나랑 헤어진 거잖아요. 그래요, 내가 그런 것을 해줄 형편이 못 되니 아주 잘한 거지요. 오늘 우연히 거리에서 만났는데, 아주 좋아 보이던데요."

"어디서 만났는데?"

"샹젤리제 거리에서요. 아주 예쁜 여자와 함께 가던데요. 금발에 몸매가 날씬하던데…… 누구예요? 파란 눈도 매력적이던데요."

"아, 올랭프 말이로군. 그래, 정말 예쁜 여자야."

"누구, 같이 사는 사람은 없나요?"

"아냐, 그 여자는 아무나 상대해."

"어디 사는데요?"

"트롱셰가(街) ○○번지야. 왜, 그 여자랑 사귀고 싶어서?"

"글쎄요, 어찌 될지는 두고 봐야겠지요."

"마르그리트는 어쩌고?"

"그녀를 완전히 잊었다고 하면 거짓말이겠지요. 하지만 헤어지는 데도 절차는 있어야 하잖아요. 그녀는 너무 쉽게 나를 차버렸어요. 내가 정말 어리석게도 그런 여자에게 목을 매고 있었으니."

당신은 내가 마음에도 없는 그런 말을 하면서 어떤 심정이었는지 짐작하실 수 있을 겁니다. 내 이마에서는 땀이 폭포수처럼 쏟아져 내리고 있었습니다.

프뤼당스가 내게 말했습니다.

"너무 그러지 마. 그녀도 당신을 사랑했던 게 사실이야. 그러니 당신을 보자마자 내게 달려왔지. 당신이 분명 나를 만나러 올 테니까 용서해달라는 말을 전해달라고 했어."

"나는 그 여자를 이미 용서했어요. 그녀는 착한 여자였어요. 하지만 결국 다른 여자들과 다를 바 없었죠. 그러니 그때라도 나와 헤어질 생각을 해준 게 고마울 정도지요. 어휴, 지금껏 헤어지지 않고 살았다면 어떻게 됐을까요?"

"하긴 아주 알맞을 때 헤어진 거야. 마르그리트가 가구들을
처분해달라고 부탁했던 중개인 있잖아? 그 중개인이 채권자
들을 찾아다니면서 마르그리트의 빚이 얼마인지 일일이 물어
보고 다녔나봐. 화들짝 놀란 채권자들이 그녀의 재산을 경매에
내놓으려고 하는 순간, 그녀가 파리로 오게 된 거야. 결국 N 백
작이 2만 프랑을 내놓았어. 그 사람도 마르그리트가 자기를 좋
아하지 않는 걸 알아. 그래도 꿋꿋하게 버텨서 2만 프랑에 그녀
를 손에 넣은 거야. 만일 마르그리크가 얌전한 생활을 하기만
한다면 그가 다 뒤를 봐주겠지. 그런데 말이야. 당신은 마르그
리트가 좋아 보인다고 했지? 그렇지 않아. 생활이 말이 아니야.
그렇게 마구잡이로 생활하는 건 처음 봐. 잠도 제대로 안 자면
서 온갖 무도회에 다 다니고, 밤참도 마구 먹는 데다 심지어 과
음까지 한다니까. 저러다 죽지나 않을까 걱정이야."

마르그리트에 대해서 알 것을 다 알게 된 나는 집으로 돌아
왔습니다. 내 속에서는 복수의 정념이 불타고 있었습니다. 나는
속으로 생각했습니다.

'그래, 정말로 다른 여자들과 다를 바 없는 그렇고 그런 여자
였어. 나랑 그렇게 지내놓고 언제 그랬냐는 듯 금방 옛날 생활

로 돌아갔잖아.'

하지만 나는 흥분해 있었습니다. 겉으로만 냉정한 척할 게 아니라 진짜 냉정하게 판단을 해야 했습니다. 프뤼당스가 말한 그녀의 마구잡이 생활은 결코 이전의 생활로 돌아간 게 아니었습니다. 그것은 도저히 잊을 수 없는 옛 추억과 감정들을 어떻게든 억눌러버리려는 그녀의 눈물겨운 노력이었습니다. 조금만 냉정했어도 알 수 있는 사실이었습니다. 이전에 그녀가 명랑하긴 했어도 그렇게 방탕하게 지낸 적은 없었으니까요. 하지만 나는 삐뚤어진 심사에서 그녀를 괴롭힐 방법만 찾고 있었던 것입니다. 참으로 남자란 자신의 감정에 조금이라도 상처를 입게 되면 얼마나 비열하고 졸렬한 짓을 하게 되는 것인지요!

결국 나는 그 비열하고 졸렬한 짓을 저지르고 말았습니다. 그녀와 함께 있던 올랭프라는 여자를 유혹한 것입니다. 마르그리트도 참석한 무도회에서 나는 그녀와 춤을 추었습니다. 그 모습을 본 마르그리트는 얼굴이 새파랗게 질려서 금세 무도회장을 빠져나갔습니다.

제15장

179

제16장

내가 올랭프를 내 여자로 만들기 위해 했던 비열한 짓을 당신께 일일이 말씀드리지는 않겠습니다. 나는 내 노름 솜씨를 이용해서 그녀의 돈을 수천 프랑 딴 후에, 그 돈을 돌려주면서 "당신을 사랑하기에 돌려주는 겁니다"라고 말했습니다. 그리고 금세 그녀의 애인이 되어 다음 날 한낮에 그녀의 집에서 나올 수 있었습니다.

나는 올랭프를 위하여, 한 여자에게 푹 빠진 어리석은 남자가 해줄 만한 것은 다 해주었습니다. 그 결과 내가 새롭게 사랑에 빠졌다는 소문이 좍 퍼졌습니다. 그 소문은 물론 프뤼당스의 귀에도 들어갔고 그녀는 내가 마르그리트를 완전히 잊었다고 믿게 되었습니다.

내 복수는 성공하는 것 같았습니다. 마르그리트는 나와 마주칠 때마다 슬픈 표정으로 뭔가 애원하는 것 같은 눈빛을 보내곤 했습니다. 그 눈을 보고는 당장 그녀에게 잘못했다고 빌 것 같은 부끄러움을 느끼기도 했습니다. 하지만 그건 순간일 뿐이었습니다.

나의 복수에는 올랭프도 한몫 단단히 했습니다. 그녀는 내 복수를 돕는다는 기분으로 틈만 나면 마르그리트를 모욕했습니다. 마침내 마르그리트는 나와 올랭프를 만나는 것이 두려워 무도회에도, 극장에도 발을 끊게 되었습니다.

그때 나는 정말 미쳐 있었나봅니다. 그녀가 모습을 보이지 않자 이번에는 익명의 편지를 보내 그녀를 공격했고 그녀에 대한 별의별 악담을 다 하고 다녔습니다.

그러던 어느 날이었습니다. 오후 2시쯤 초인종이 울렸습니다. 프뤼당스였습니다. 나는 시치미를 떼고 무슨 일이냐고 물었습니다.

그녀는 미소도 띠지 않은 채 진지하게 말했습니다.

"아르망, 제발 이제 그만해. 당신이 마르그리트를 하도 괴롭히는 바람에 그만 잃아눕게 되었어. 마르그리트를 직접 본다면 당신도 당신이 한 짓을 후회하게 될 거야. 얼굴이 새파랗게 되

제16장

181

어서 기침만 하고 있어. 아마 오래 살지도 못할 거야."

프뤼당스는 두 손을 내밀고 내 손을 잡으며 말했습니다.

"제발 그녀를 보러 한번 와줘. 틀림없이 기뻐할 거야."

"나는 N 백작과 마주치고 싶지 않아요."

"그럴 일은 없어. 마르그리트가 그가 찾아오는 걸 더 이상 견딜 수 없다고 했거든."

"마르그리트가 그렇게나 나를 만나고 싶다면 이리로 오라고 하세요. 나는 더 이상 안탱가로는 가고 싶지 않아요."

"마르그리트가 찾아오면 만나는 줄 거야?"

"물론이지요. 올 테면 오라고 하세요."

나는 저녁을 먹으러 외출했다가 금방 돌아왔습니다. 나는 하인도 밖으로 내보내고 집에 홀로 있었습니다. 마르그리트를 기다리며 내 마음이 얼마나 뒤숭숭했는지는 도저히 설명하기 힘들군요. 9시쯤 되어 드디어 초인종이 울렸습니다. 그러자 모든 생각이 다 사라지고 그냥 백지상태가 되었습니다. 얼마나 마음이 떨렸는지 문을 열러 가면서도 금세 쓰러질 것만 같아서 벽에 몸을 기대야만 했습니다.

안으로 들어온 마르그리트가 베일을 벗자 대리석처럼 창백한 얼굴이 나타났습니다.

"나 왔어요, 아르망. 당신이 나를 보고 싶어한다기에 이렇게 찾아왔어요."

말을 마치자마자 그녀는 두 손으로 얼굴을 가리고 울음을 터뜨렸습니다.

나는 그녀에게 다가가 말했습니다.

"도대체 왜 이러는 거요?"

"아르망, 당신은 아무 잘못도 없는 나를 너무나 괴롭히고 있어요."

"아무 잘못도 없다고?"

나는 쓴웃음을 지으며 말했습니다.

"그래요. 내가 어쩔 수 없이 해야만 하는 일을 했을 뿐, 아무 짓도 한 게 없어요. 저는 부탁을 드리려고 당신을 찾아온 거예요. 제발 부탁이니 앞으로는 나를 괴롭히지 말아주세요. 나는 너무 아파서 이제는 더 이상 견딜 수가 없어요. 자, 내 손을 잡아보세요. 더 이상 나를 괴롭힐 생각은 들지 않을 거예요. 나는 나를 친절하게 대해달라는 게 아니라 그냥 내버려 놔달라는 부탁을 하려고 찾아온 거예요."

나는 그녀가 시키는 대로 그녀의 손을 잡아보았습니다. 마치 타는 듯 뜨거웠습니다. 가엾게도 그녀는 두꺼운 외투를 입고도

제16장

183

벌벌 떨고 있었습니다. 나는 그녀가 앉아 있는 의자를 난롯가로 옮겨준 뒤 입을 열었습니다.

"당신만 괴로운 줄 알아요? 그날 밤, 한밤중에 걸어서 파리까지 온 내가 당신의 편지를 보았을 때의 내 심정을 짐작이라도 할 수 있어? 미치지 않은 게 다행이야. 마르그리트, 당신이 어떻게 나를 배신할 수 있어? 그렇게 당신을 사랑하던 나를!"

"그 일은 이야기하지 말아요, 아르망. 나는 그 이야기를 하려고 온 게 아니에요. 그냥 당신을 한번 만나보고 싶었어요. 그뿐이에요."

"당신이 행복해지기 위해서 나를 떠난 게 아닌가?"

"내가 지금 행복해 보여요? 나는 그때 어쩔 도리가 없었어요. 나는 천박한 여자의 본능으로 당신을 떠난 게 아니에요. 언젠가는 당신도 알게 될 거고, 그러면 분명히 나를 용서해줄 거예요."

"왜 지금 당장 그 이유를 못 밝히는 거지?"

"이유를 말해봤자 이제는 아무 소용없으니까요. 어차피 우리 사이는 이제 돌이킬 수 없어요. 게다가 그 이유를 밝혔다가는 당신에게 너무 소중한 분을 당신이 원망하게 될지도 몰라요."

"그게 대체 누구지?"

"그건 말할 수 없어요."

그 말과 함께 그녀는 문 쪽으로 걸어갔습니다. 그녀가 괴로워하는 모습을 보자 내 마음이 흔들렸습니다.

나는 문 앞을 가로막고 서서 그녀에게 가지 말라고 했습니다.

"왜요?"

"당신이 무슨 짓을 했건 나는 여전히 당신을 사랑하고 있어. 당신을 내 곁에 두고 싶어."

"내일이면 또 쫓아내실 거면서요. 그리고 우리 운명은 이미 찢어졌어요. 그걸 억지로 붙이려고 하지 마세요. 그랬다가는 미움이 지나쳐 나를 경멸하게 될 거예요."

그녀를 잠시나마 가까이서 대하니 내 사랑과 욕망이 되살아났습니다. 나는 외쳤습니다.

"오오, 아니야, 마르그리트! 나는 모두 다 잊을 거야. 우리 둘이서 다시 행복하게 잘 살자고."

마르그리트는 믿을 수 없다는 듯 고개를 좌우로 흔들며 말했습니다.

"아아, 나는 당신의 노예예요. 아아, 나를 마음대로 하세요. 어디로도 갈 수 없게 나를 꼭 껴안아주세요. 나는 당신 거예요."

말을 마친 마르그리트는 외투와 모자를 벗어 소파 위에 던지

제16장

185

더니 갑자기 드레스 단추를 풀기 시작했습니다. 피가 심장에서 머리로 솟구쳐 숨이 턱 막혔던 것입니다. 병 때문에 발작이 일어난 거지요. 그녀는 한동안 마른기침을 했습니다.

겨우 숨을 고른 그녀가 힘겹게 말했습니다.

"마차를 돌려보내주실래요?"

나는 밑으로 내려가 마부에게 집으로 돌아가라고 말한 후 다시 집 안으로 들어왔습니다. 그녀는 난로 옆에 누워서도 몸을 덜덜 떨고 있었습니다. 나는 그녀를 감싸 안고 하나씩 옷을 벗기기 시작했습니다. 그리고 이제는 얼음처럼 차가워진 그녀의 몸을 침대로 옮겼습니다.

우리는 그날 밤, 이 세상 사람의 것이 아닌 것 같은 사랑을 나누었습니다. 그녀가 내게 아낌없이 주는 입맞춤 속에 그녀의 온 생명이 들어 있는 것 같았습니다. 나는 열병에라도 걸린 듯 그녀를 사랑하면서 그녀가 다시는 다른 남자 품에 안기지 않도록 차라리 죽이고 싶다는 생각까지 했습니다.

정말 지독한 사랑이었습니다. 아마 그런 사랑을 한 달간 나누다보면 몸도 마음도 모두 시체처럼 변해버렸을 것입니다.

우리는 동이 틀 때까지 한숨도 자지 못했습니다. 나는 그녀가 부지발을 떠난 후에 벌어진 일들을 모두 잊을 수 있을 것 같

있습니다.

내가 그녀에게 말했습니다.

"우리 둘이 어디로 멀리 떠날까?"

"안 돼요. 그러면 우리 둘 모두 불행해질 뿐이에요. 나는 이미 당신을 행복하게 해줄 수 없어요. 하지만 숨이 붙어 있는 한은 당신의 노예가 되겠어요. 언제고 내 생각이 나면 찾아오세요. 당신께 내 몸을 맡기겠어요. 하지만 당신의 미래를 내 미래와 연결 짓지는 마세요. 나도 당신도 불행해질 뿐이니까요."

마르그리트가 떠나자 나는 견딜 수 없이 외로웠습니다. 나는 두 시간 가까이 침대에 멍하니 앉아 있다가 오후 5시쯤 아무 생각 없이 안탱가로 갔습니다. 그러자 나닌이 문을 열어주더니 난처한 얼굴로 말했습니다. N 백작이 와 있으니 아무도 들여보내지 말라고 했다는 것입니다.

나는 술 취한 사람처럼 비틀거리며 집으로 돌아왔습니다. 그러고는 질투에 눈이 멀어 정말로 파렴치한 짓을 저질렀습니다. 최후의 순간까지 나는 그녀를 괴롭히기만 한 것입니다. 아아, 나는 천사 같은 그녀에게 도대체 무슨 짓을 한 것일까요! 내 눈앞에는 내게 어제 했던 사랑의 맹세를 N 백작에게 그대로 해주는 그녀의 모습이 떠올라 견딜 수 없었습니다. 나는 5백 프랑짜

제16장

리 지폐를 꺼내어 편지와 함께 그녀에게 보냈습니다.

　오늘 아침에 너무 급히 돌아가는 바람에 돈을 치르지 못
했소. 당신과 어젯밤 함께 한 값을 보내드립니다.

　나는 밖으로 나가 여기저기 헤매다 집으로 돌아왔습니다. 마
르그리트의 답장은 없었습니다. 내가 얼마나 불안한 마음으로
다음 날 하루를 보냈는지는 말씀을 안 드려도 아실 것입니다.

　6시 반쯤 되자 심부름꾼이 내 편지와 5백 프랑이 들어 있는
돈 봉투를 내게 가져왔습니다. 다른 말은 한마디도 없었습니다.
내가 그에게 물었습니다.

　"누구 심부름을 온 건가?"

　"하녀와 둘이 불로뉴로 가는 역마차에 오르면서 어떤 아가씨
가 주셨습니다. 반드시 마차가 떠난 다음에 갖다드리라고 했습
니다."

　나는 단숨에 마르그리트의 집으로 달려갔습니다. 그러나 나
는 문지기에게서 그녀가 오늘 6시에 영국으로 떠났다는 말만
들을 수 있었을 뿐입니다.

　나는 너무 충격을 받아 온몸에 힘이 다 빠져버렸습니다. 더

이상 이 나라에 있을 수가 없을 것만 같았습니다. 그때 마침 제 친구 한 명이 동양으로 여행을 떠나려 하고 있었습니다. 나는 나도 같이 가고 싶다고 아버지께 말씀드렸습니다. 아버지가 어음과 소개장을 마련해주셔서 그로부터 열흘 뒤 나는 마르세유에서 배에 올랐습니다.

가엾은 마르그리트가 몸져누웠다는 소식을 들었을 때 나는 알렉산드리아에 있었습니다. 옛날에 마르그리트의 집에서 가끔 마주쳤던 알렉산드리아 대사관 직원이 그 소식을 내게 알려주었습니다.

나는 마르그리트에게 편지를 보냈습니다. 그리고 툴롱에서 그녀의 답장을 받을 수 있었습니다. 전에 당신께 보여드린 바로 그 편지입니다. 나는 그 편지를 받고 바로 파리로 출발했습니다. 그다음 일은 당신도 다 알고 있습니다.

이제는 쥘리 뒤프라가 내게 전해준 마르그리트의 일기만 읽으면 되겠군요. 이 일기를 읽어야 내가 얼마나 바보였는지, 그녀가 얼마나 큰 희생을 치른 천사였는지 알 수 있을 것입니다.

제16장

제17장

아르망은 기운이 다했는지 마르그리트의 일기를 내게 건네주고는 눈을 감았다. 잠든 것 같았지만 부스럭거리는 작은 소리에도 깨어날 만큼 옅은 잠이었다.

이제부터 그녀의 일기, 아니, 일기라기보다는 편지를 있는 그대로 가감 없이 여러분에게 소개한다.

오늘은 12월 15일입니다. 며칠 전부터 몸이 좋지 않더니 앓아눕고 말았습니다. 날씨도 음울하고 나도 우울해요. 아르망, 나는 지금 당신 생각을 한답니다. 당신은 지금 어디에 계신가요? 듣기로는 파리에서 아주 먼 곳에 계신다던데, 당신은 이미 마르그리트를 잊으셨겠지요? 하지만 나는 당신이 행복하기를 빈답니다. 당신 덕분에 내 생애 단 한 번이라도 진정한 행복을 맛보았으니까요.

나는 내가 한 짓을 변명하고 싶어서 참을 수가 없었어요. 그래서 당신에게 편지를 썼어요. 하지만 한낱 매춘부의 편지를 진실이라 믿지 않으시겠지요? 나는 곧 죽을 거예요. 그렇지만 당신이 나를 이해해주지 못한 채 죽고 싶지는 않아요. 그래서 다시 이렇게 어떤 일이 있었는지 당신에게 밝히는 거예요.

아르망, 기억하시지요? 아버님이 파리에 오셨다는 소식에 우리가 얼마나 놀랐는지. 당신이 아버님과 싸웠다는 이야기를 부지발로 돌아와서 제게 전해주셨지요? 다음 날 당신은 파리로 가서 아버님을 만나려 했지만 결국 못 만나고 돌아오셨지요?

실은 그날 한 남자가 나를 찾아와서 아버님께서 보내신 편지를 전해주었어요. 그 편지는 이 일기장 속에 끼워놓을게요. 아버님은 편지에서 아주 진지하게 부탁하셨어요. 무슨 핑계를 꾸미든 다음 날 당신을 멀리 보내고 저랑 아버님 단둘이 만날 수 있게 해달라고 하셨어요. 긴히 하실 말씀이 있으시다며 당신께는 절대 비밀로 해달라고 신신당부하셨어요.

당신이 부지발로 돌아왔을 때, 다음 날 내가 당신에게 파리에 꼭 한 번 다시 가보시라고 끈질기게 권한 건 그 때문이에요.

제17장

191

당신이 떠난 지 한 시간쯤 되었을 때 아버님께서 오셨어요. 나를 보러 오신 아버님 얼굴은 너무 무서웠어요. 얼굴에 노기를 띠고 계셨고 저를 얕잡아보시는 표정이 역력했어요. 아버님께서는 창녀란 거짓말쟁이에다 도리도 모르는 동물, 남의 돈을 갈취하는 기계로 생각하고 계셨던 게 분명했어요.

아버님이 다짜고짜 당신과의 관계를 끊으라고 위협적으로 말씀하시자 저도 딱 잘라 말했어요.

"이곳은 제집입니다. 저는 아드님을 진정으로 사랑하고 있기에 아버님을 맞아들인 거랍니다. 만일 그렇지 않았다면 이렇게 그분 몰래 아버님을 만나려 하지도 않았을 겁니다."

그러자 아버님은 조금 진정하시더니 역시 일반적인 이야기를 하셨어요. 내가 예쁜 건 사실이지만 미모를 이용해서 젊은 남자의 돈을 뜯어내고 장래를 망치는 건 나쁜 짓이라고 저를 설득하셨어요.

저는 당당하게 대답해드렸어요. 내가 당신과 사랑한 이후에는 정절을 지켰다는 것, 당신의 능력 한도를 넘어서는 돈을 쓰게 한 적도 없다고 말이에요. 그리고 당신과 함께 살기 위해 내 물건들을 저당 잡혀 돈을 얻었고, 물건들을 팔려고 결심했다는 말씀도 드렸어요. 증거로 전당표 쪽지도 보여드렸지요. 그리고 당신 덕분에 생전 처음으로 조용하고 행복한 삶을 알게 되었다고 고백했습니다.

아버님은 충격을 받으신 것 같았어요. 제 진심을 이해하시게 된 거지요. 그러고는 두 손을 내미시면서 다짜고짜 험하게 윽박질러서 미안하다고 하시더군요. 그러고는 말씀하셨습니다.

"아가씨, 이제 더 이상 아가씨를 윽박지르거나 꾸짖지 않겠어요. 대신 애원을 하겠습니다. 아가씨가 내 아들과 행복하기 위해 희생을 치르고 있다는 걸 잘 알았어요. 제발 부탁하는데, 이제까지 치렀던 희생보다 더 큰 희생을 해줄 수 없겠소?"

나는 너무나 놀랍고 무서워 몸이 떨렸어요. 그러자 아버님께서 말씀을 계속하셨어요.

"지금부터 내가 하는 이야기를 기분 나쁘게 듣지 말아줘요. 나는 이제 아가씨가 착하고 고결한 사람이란 걸 잘 알았소. 내 아들이 사랑할 만한 품격을 지니고 있다는 것도 잘 알았소.

하지만 생각해보시오. 남자에게는 애인 말고도 가족이 있소. 또한 평생을 정열로만 살아갈 수 없는 게 남자요. 그런 시기가 지나면 이 세상에서 자신에게 걸맞는 지위를 갖고 살아가야 하는 게 남자요. 내 아들은 재산도 별로 없으면서 제 어미에게서 물려받은 집을 당신에게 양도하려 하고 있소. 당신이 너무 힘겹게 살지 않도록 그런 배려를 하는 건 명예로운 일인지도 모르오. 하지만 그 애를 위해 당신이 한 희생은 받아들일 수 없어요. 세상 사람들은 당신이 어떤 사람인지 몰라요. 그들은 내 아들이 당신을 진정으로 사랑하는지, 당신이 내 아들을 진정으로 사랑하는지에 대해서는 관심이 없소. 그들은 단지 이렇게 생각할 거요. 내 아들이 뻔뻔스럽게 매춘부를 유혹해서 그 재산을 빼먹었다고 할 거요. 내 아들은 명예를 잃게 되는 거란 말이요. 이대로 가다가는 결국 둘 다 나중에 후회하게 될 거요.

아가씨, 당신은 젊고 아름다워요. 당신은 앞으로도 다른 것에서 많은 위안을 얻을 수 있을 것이오. 당신이 내 아들과 계속 함께 지내게 되면 내 아들은 너무나 많은 것을 잃게 된다오. 우선 그 애는 당신을 만나면서 가족도 잊었소. 내가 편지를 네 번이나 보냈는데 답장도 없었소. 아마 그사이에 내가 죽었더라도 그 애는 몰랐을 거요. 아가씨, 아가씨가 이제까지와는 다르게 살기로 결심했다는 걸 나는 이제 믿고 있소. 하지만 내 아들은 사랑하는 당신이 넉넉하지 못하게 지내며 고생하는 걸 차마 두고 보지 못할 거요. 자기가 모자라서 이런 아름다운 당신이 당신에게 어울리는 생활을 못 한다고 자책할 거요. 그렇게 되면 그 애가 무슨 짓을 할 것 같소? 나는 그 애가 아가씨 모르게 도박을 했다는 걸 알고 있소. 그 애는 내가 우리 딸애의 결혼지참금, 내 아들과 내 미래를 위해 겨우 저축해놓은 돈을 단번에 잃을 뻔한 적도 있소. 그런 일이 또다시 벌어지지 않으리라는 보장이 없다는 걸 당신도 잘 알 거요.

아가씨, 말이 나온 김에 심한 말을 해도 용서해주겠소? 아가씨, 아가씨가 그 애를 위해 희생한 과거의 생활이 그리워지지 않으리라는 보장이 있소? 지금은 그 애를 사랑하지만 앞으로 다른 사람을 사랑하지 않으리라고 자신할 수 있소? 내 아들도 마찬가지요. 세월이 흘러 그 애가 사랑보다는 야심이 더 중요하다고 생각할 날이 올 거요. 그래서 당신과의 관계가 짐스럽게 여겨진다면 아가씨는 그 애를 위로해줄 수 없을 거요. 그래도 괜찮겠소?

당신은 내 아들을 사랑하고 있소. 그리고 지금 당신이 이렇게 희생하면서 그 사랑을 증명하고 있소. 하지만 내가 당신에게 진심으로 부탁하오. 당신이 내 아들을 사랑한다는 걸, 단 하나뿐인 다른 방법으로 증명해주길 바라오. 바로 그 애의 미래를 위해 당신의 사랑을 희생해주기 바라오. 아가씨, 기왕 이렇게까지 됐으니 내 솔직히 다 털어놓겠소. 당신도 알겠지만 내게는 딸이 하나 있소. 그 애가 지금 사랑에 빠져 결혼을 앞두고

제17장

195

있소. 당신과 마찬가지로 그 애는 지금 자기가 하고 있는 사랑을 인생에서 가장 달콤한 행복으로 알고 그 꿈에 젖어 있소. 그런데 상대방 집안사람들이 아르망이 파리에서 어떤 생활을 하고 있는지 다 알게 되었소. 만일 아르망이 지금의 생활을 청산하지 않으면 파혼하겠다고 내게 통보했소. 아가씨, 내 딸의 미래는 아가씨에게 달려 있는 거요. 이렇게 간절히 호소하오. 나를 이기적이라고 욕해도 좋지만 제발 내 딸의 미래를 위해 당신의 사랑을 희생해주오."

아버님이 말씀하시는 동안 저는 말없이 눈물만 흘리고 있었어요. 내가 막연히 가끔 느끼던 것을 아버님이 정확하게 지적해주신 거였어요. 저는 아버님이 차마 입에 올리지 못했지만 속으로 생각하고 계신 말들을 저 스스로에게 들려주었어요.

'너는 창녀에 지나지 않아. 아무리 아름답게 포장해도 너와 내 아들의 관계는 결국 그렇고 그런 관계일 뿐이야. 너 같은 과거를 가진 여자가 아름다운 미래를 꿈꾼다고? 네가 아무리 책임을 진다고 말해보았자 네 과거 생활과 너에 대한 평판 때문에 아무도 믿어주지 않을 거야.'

아르망, 나는 내가 당신을 진정으로 사랑하고 있음을 그 순간 다시 한번 깨달았어요. 그리고 내 사랑이 더없이 고결하다는 것을 깨달았어요. 아버님께서 보여주신 참다운 아버지로서의 모습, 내게 일깨워준 순결의 감정, 아버님을 향한 존경심, 이런 것들이 내 사랑을 한껏 고결하게 만들어주었고 내 인격도 높아지는 것 같았어요.

아버님의 말씀은 내가 이전에 한번도 느껴보지 못했던 성스러운 긍지를 느낄 수 있게 해주었어요. 아들의 미래를 위해 나 같은 여자에게 간절히 애원하고 있는 이분, 이 고결하신 분이 언젠가는 내 이름을 위해 축복을 빌어줄지도 모른다고, 이분의 따님께 나를 위해 기도하라고 말해주실지도 모른다고 생각했어요. 그러자 나는 마치 내가 딴 사람이라도 된 것처럼 스스로를 자랑스럽게 여기게 되었답니다. 나는 그렇게 고양된 감정 상태에서 당신과 함께 보냈던 행복한 나날들, 그 추억들이 애타게 호소하는 소리도 눌러버리고 눈물을 닦으며 아버님께 말씀드렸어요.

"알겠어요. 다만 제가 아드님을 진정으로 사랑한다는 것만은 믿어주실 거지요?"

"물론이오."

"이 사랑이 순수하다는 것, 제가 이 사랑을 내 평생의 꿈과 희망, 지난날에 대한 속죄로 삼았다는 것도 믿어주실 거지요?"

제17장

"내 진심으로 믿고 있소."

"그렇다면 단 한 번만이라도 좋으니 따님께 하시듯 제게 입맞춤을 해주실 수 있으세요? 그 순결한 입맞춤 덕분에 저는 저의 사랑을 물리치고 그에 이길 수 있는 힘을 얻을 수 있을 거예요. 제가 일주일 안에 아드님을 당신 곁으로 돌려보낼게요."

"아가씨, 아가씨는 정말 고결한 여자요."

말씀과 함께 아버님은 제 이마에 입을 맞추어주셨어요. 그리고 말씀을 이으셨어요.

"당신의 착한 마음은 하느님께서 알아주실 거요. 하지만 내 아들이 과연 당신 말대로 할지 걱정이 되오."

"걱정 마세요. 틀림없이 저를 미워하게 만들 수 있어요."

이제 아시겠지요? 이제 제가 할 일은 단 한 가지였어요. 당신을 멀리하고 당신과 나 사이에 장벽을 쌓는 것. 당신이 나를 미워하게 만드는 것. 당신이 나를 진정으로 사랑하는 만큼 당신이 나를 증오하게 만드는 건 쉬운 일이 아니겠어요?

내가 무슨 일을 했을지 당신도 이제는 다 짐작하실 수 있지요? 아버님 편에 프뤼당스에게 편지를 보내 N 백작과 만나게 해달라고 했어요. 그리고 당신과 헤어지기 싫어서 내가 얼마나 괴로워했는지는 당신도 다 보아서 알고 있지요? 몇 번이나 당신에게 모든 걸 털어놓고 싶었지만 그때마다 하느님께 기도하며 흔들리는 자신을 다잡았어요.

파리로 와서 내가 어떻게 했는지는 당신도 다 아실 거예요. 나는 모든 것을 잊으려고 술을 마셨어요. 이튿날 일어나보니 N 백작의 침대에 누워 있었어요. 아르망, 당신은 내가 해준 말을 모두 믿으시겠지요? 그리고 나를 용서해주시겠지요? 당신이 나를 괴롭혔던 일을 내가 다 용서해주었듯이.

제18장

12월 17일

샹젤리제에서 당신을 만나던 날, 나는 좀 충격을 받긴 했지만 크게 놀라지는 않았어요. 언제고 당신이 파리로 다시 오리라고 생각하고 있었기 때문이에요.

이후 당신이 나를 모욕하고 괴롭히는 나날들이 계속되었어요. 사랑하는 아르망, 이상하게 생각하실지 모르지만 나는 당신의 모욕을 기쁘게 받아들였어요. 당신이 나를 사랑한다는 증거였으니까요. 더욱이 당신이 나를 괴롭히면 괴롭힐수록, 나중에 당신이 모든 진실을 알게 되었을 때, 나를 얼마나 더 대견하게 생각할까 즐거운 마음도 들었어요.

하지만 나도 한 사람의 여자인 만큼 마냥 강인할 수는 없었어요. 스스로를 희생한 그날 이후 미쳐버리지 않기 위해, 괴로움을 잊기 위해 스스로를 학대했어요. 내가 온갖 무도회와 연회에 참석했던 건 당신도 잘 아시지요?

나는 그렇게 절제 없이 생활하다가 확 죽어버렸으면 좋겠다는 기대를 품었어요. 머지않아 그 기대가 실현이 되겠지요. 당연히 내 건강은 점점 나빠졌답니다. 당신에게 프뤼당스를 보내 제발 저를 그만 괴롭혀달라고 부탁했을 때는 몸도 마음도 완전히 쇠약해졌을 때랍니다.

당신이 마지막으로 저를 원하시던 날, 저는 다 죽어가면서도 당신의 청을 받아들였어요. 그때 어쩌면 과거와 현재를 다시 이을 수도 있으리라는 부질없는 희망을 제가 품었었다는 걸 말씀드리고 싶어요. 저는 그렇게 어리석은 여자예요. 그 사랑의 증거에 당신이 어떤 식으로 보답을 하셨는지, 당신이 저를 어떤 식으로 모욕해서 파리로부터 쫓아내셨는지 굳이 회상하실 필요는 없어요. 사실은 당신에게는 그런 권리가 있었지요. 그래요, 나랑 하룻밤을 지낸 후 그렇게까지 비싼 화대를 지불한 남자는 아무리 파리라고 해도 그렇게 많지 않았으니까요.

그 순간 나는 모든 것을 포기했답니다. 그리고 영국으로 갔지요. 런던에는 G 백작이 있었답니다. 나는 그분을 만나러 갔어요. 그분은 호탕한 분이었어요. 나를 무척이나 반갑게 맞아주더군요. 하지만 그때 그분은 런던의 사교계 여자와 사귀고 있었어요. 그래서 그분이 소개해준 남자분이 저를 거두어주었어요.

나는 그냥 자동인형처럼 아무 생각 없이 지내다가 파리로 돌아왔어요. 당신이 멀리 여행을 떠났다고 하더군요. 이제 나를 지탱해줄 것은 아무것도 없었어요. 내 생활은 다시 당신을 만나기 전으로 돌아갔어요. 하지만 저는 이미 그때의 제가 아니었어요. 마음이 상할 대로 상한 공작은 이미 저를 거들떠보지도 않았어요. 파리에는 병든 저보다 훨씬 예쁘고 건강한 아가씨들이 많이 있었으니까요.

저는 이 세상에서 조금씩 잊히기 시작했어요. 내가 살아온 삶이라는 게 당연히 그런 거잖아요. 지금 저는 병든 환자일 뿐이에요. 게다가 돈도 없어요. 채권자들이 찾아와서 청구서를 들이밀고 있어요. 급한 마음에 공작에게 편지를 썼지만 과연 그 사람이 돈을 보내올까요? 아아, 아르망 당신은 왜 파리에 없나요? 언젠가는 나를 만나러 와주실 거지요? 당신이 곁에 있다면 내 마음이 얼마나 편안해질까요?

12월 20일

정말 끔찍한 날씨예요. 눈이 내리고 있어요. 저는 혼자 집에 있어요. 사흘 전부터 열이 심해서 당신에게 보내는 글을 단 한 자도 적지 못했어요. 새로운 일은 아무것도 없어요. 왠지 당신 편지가 올 것 같다는 희망을 품어보기도 해요. 하지만 편지는 없어요. 영영 오지 않을지도 모르지요. 공작도 답장을 주지 않았어요. 대신 프뤼당스가 열심히 전당포를 드나들고 있어요.

몸을 억지로 일으켜 창문 밖 파리의 일상 모습을 바라봅니다. 이미 나와는 아무 상관없는 풍경이 거기에 있었어요. 아는 사람들이 씩씩하게 창문 앞의 거리를 걸어가는 것이 보이네요. 하지만 그 누구도 고개를 들어 창문을 바라보는 사람은 없었어요.

전에도 내가 이렇게 앓아누운 적이 있었지요. 그때 당신은 나와 아는 사이도 아니었고, 내가 그토록 무례하게 대했는데도 매일 문병을 와주셨지요.

우리는 여섯 달 동안 함께 살았지요. 나는 여자의 마음이 품을 수 있는 모든 사랑을 품고, 여자가 드릴 수 있는 모든 사랑을 당신에게 드렸어요. 그런데 지금 당신은 멀리 떨어진 곳에서 저를 저주하고 있군요. 아아, 내가 이렇게 아픈데 위로의 말 한마디 건네주지 않으시는군요.

아니에요. 당신이 파리에 계셨다면 분명 내 머리맡에 붙어서 한시도 곁을 떠나지 않으셨을 거예요.

12월 25일

의사 선생님이 매일 글을 쓰면 위험하다고 하셨어요. 그런데 어제 편지 한 통을 받고 기운이 났답니다. 물질적 도움도 준다는 편지였지만 그 편지에 담긴 따뜻한 마음씨가 제게 새로운 힘을 주었어요. 그래서 당신에게 이렇게 글을 쓸 수 있게 된 거랍니다. 누가 보낸 편지냐고요? 바로 당신 아버님께서 보내주신 편지랍니다.

아가씨,
몸이 몹시 불편하다는 소식을 이제야 들었습니다. 내가 파리에 있었다면 당장 병문안을 갔을 겁니다. 내 부족한 아들놈이 파리에 있었어도 당장에 달려갔을 겁니다. 그런데 안타깝게도 나는 사정상 C시를 떠날 수 없고 아들놈은 너무 먼 곳에 있습니다. 그래서 결례인 줄 알면서 이렇게 편지로 대신합니다.
당신이 편찮다는 소식에 정말로 내 마음이 아픕니다. 하루빨리 쾌차하길 진심으로 빕니다.

내 친구 H 씨가 곧 당신을 찾아갈 것입니다. 부디 그 사
람을 만나주십시오. 그 친구에게 부탁한 일이 있고 나는
그 결과를 기다리고 있습니다.

아르망, 당신 아버지께서 보내신 편지 내용이에요. 정말 고
결하신 분이에요. 당신은 그분께 꼭 효도하셔야 해요.

오늘 아침 H 씨가 방문했어요. 미묘한 것을 아버님께 부탁받
았는지 좀처럼 말을 꺼내지 못하더군요. 알고 보니 H 씨는 아
버님께서 맡기신 3천 프랑을 내게 주려고 찾아온 것이었어요.
저는 거절하려 했어요. 하지만 H 씨가 한사코 내게 돈을 내밀
며 제가 이 돈을 거절하면 뒤발 씨가 크게 상심하실 거라고 했
어요. 나는 받아들이기로 했어요. 그 돈은 애정의 표시이지 동
냥이 아니라고 생각했기 때문이에요. 당신이 나중에 꼭 아버님
께 이 말을 전해주세요. 아버님 위문편지를 받은 이 불쌍한 여
자가 아버님을 위해 하느님께 기도를 드렸다고요.

1월 8일

그동안 너무 몸이 아팠어요. 하지만 어제는 날씨가 화창해서

제18장

205

마차를 타고 외출을 했어요. 햇살 속에 이렇게 많은 기쁨과 온화함이 들어 있는지 처음 알았어요.

나는 오랜만에 샹젤리제 거리로 가서 아는 사람들을 만났어요. 다들 신나게 자기만의 즐거움에 빠져 있더군요. 자기가 행복한 줄 모르는 행복한 사람들이 이 세상에 얼마나 많은지!

올랭프가 N 백작에게서 받은 마차를 타고 가다가 나를 봤어요. 비웃는 표정이 역력했지만 나는 그런 허영 싸움 같은 것에서는 이미 멀어져 있다는 것을 그녀는 미처 모르고 있었던 거지요.

나는 오후 4시에 집으로 돌아와 저녁을 맛있게 들었어요. 기분도 좋아졌고요. 이대로 몸이 나으면 얼마나 좋을까요?

1월 10일

정말 부질없는 희망을 품었던 거지요. 나는 온몸에 화상이라도 입은 것처럼 고약을 바르고 누워 있어야만 했어요. 아아, 하느님께서 이런 시련과 고통을 주시는 건, 아마 우리가 태어나기 전에 끔찍한 죄를 지었기 때문일 거예요. 아니면 우리가 죽은 뒤에 커다란 행복을 주시기 위해서인지도 모르지요.

1월 25일

벌써 열흘 이상 잠도 못 자고 당장 죽을 것 같은 고통에 시달리고 있답니다. 의사 선생님은 절대로 펜을 들지 말라 하셨지만 나를 간호해준 쥘리 뒤프라가 허락해준 덕분에 이렇게 몇 줄 적는 거예요. 아르망, 내가 죽기 전에 당신이 이곳으로 오실 수 없겠죠? 그럼 우리는 이대로 영영 헤어지는 건가요? 당신이 와주기만 하면 당장에 병이 나을 것 같아요. 하지만 병이 나은들 무슨 소용 있겠어요.

1월 28일

오늘 아침에 시끄러운 소리가 들려서 눈을 떴어요. 쥘리가 허둥지둥 나가보니 사람들이 물건을 차압하러 온 거였어요. 사람들은 모든 물건에 딱지를 붙여놓고 나갔어요. 그들 중 한 명이 9일 내로 이의신청을 하면 된다더군요. 그리고 감시인 한 명을 남겨두었어요. 이 소동으로 내 병은 더 악화되었답니다. 프뤼당스는 당신 아버님 친구분께 연락을 해보라고 했지만 제가 거절했어요.

오늘 아침 당신이 보낸 편지를 받았습니다. 아아, 얼마나 애타게 기다리던 편지였는데……. 아침 일찍 그런 소동이 있었지만 저는 오늘 하루 내내 행복했답니다. 왠지 몸이 나아질 것 같았어요.

내가 죽기 전에 당신이 이곳으로 오실 수만 있다면! 새봄을 맞으며 작년처럼 당신과 행복하게 지낼 수만 있다면!

나는 정말 어리석지요? 다 죽어가면서 이런 어리석은 꿈을 종이에 적고 있으니 말이에요.

아르망! 앞으로 무슨 일이 일어난다 해도 당신을 향한 내 사랑은 변함이 없어요. 그 사랑에 대한 추억이 나를 부축해주지 않았다면, 당신 얼굴을 가까이서 볼 수 있으리라는 실낱같은 희망이 없었다면 나는 벌써 오래전에 죽었을 거예요.

2월 4일

G 백작이 영국에서 돌아왔어요. 실연을 당한 데다 사업도 잘 풀리지 않아서 힘든 것 같았어요. 그래도 그 너그러운 분이 집행관에게 급한 돈을 지불하고 감시인도 돌려보냈어요.

내가 백작에게 당신 이야기를 했어요. 그랬더니 그분은 내 이야기를 꼭 당신께 해주겠다고 약속했어요. 나는 내가 당신을 만나기 전에 그분이 내 애인이었다는 걸 까맣게 잊고 그런 이야기를 해준 거였어요. 정말 착한 분이지요?

공작도 한 번 찾아왔었어요. 눈물을 흘리더군요. 아마 두 번이나 딸의 죽음을 지켜보는 것 같아 가슴이 아팠나봐요. 하지만 그뿐이었어요.

다시 날씨가 나빠졌어요. 이제 아무도 나를 만나러 와주지 않아요. 쥘리는 내 곁에서 나를 열심히 간호해주고 있지만 내게서 더 얻을 것이 없어진 프뤼당스는 적당한 핑계를 대면서 나로부터 멀어졌어요.

아아, 병이 악화되니까, 아버님 말씀을 따랐던 것을 후회하게 돼요. 내가 당신 미래에 방해가 되는 일이 고작 1년으로 끝날 줄 알았다면 나는 아마 양보하지 않았을 거예요. 그랬다면 적어도 사랑하는 이의 손을 잡고 죽을 수는 있었겠지요. 혹은, 우리 둘이 지금까지 함께 지내고 있었다면 우리의 행복한 나날들이 조금 더 연장될 수도 있었을 거고요.

아아, 이 모든 것이 하느님의 뜻이겠지요!

2월 5일

아아, 아르망, 제발 돌아와주세요. 정말로 너무 힘들어요. 오, 하느님, 죽을 것만 같아요.

아르망, 아침에 공작이 찾아왔어요. 죽기를 잊어버린 건강한 그 노인을 보면 제가 더 빨리 죽어버릴 것만 같아요.

열이 심해 몸이 불덩어리 같았지만 나는 공작에게 보드빌 극장으로 데려가달라고 했어요. 쥘리가 립스틱을 발라줬어요. 그거라도 안 바르면 꼭 송장처럼 보였겠지요.

나는 당신과 처음 만났던 그 특별석으로 갔어요. 그리고 그날 당신이 앉았던 자리를 쳐다보았어요. 웬 천박한 남자가 그 자리에 앉아 배우들 대사를 따라 하며 큰 소리로 웃고 있었어요.

나는 반죽음이 되어 부축을 받으며 집으로 돌아왔어요. 그리고 밤새도록 기침을 하며 피를 토했어요. 이제 말도 못 하는 채 겨우 팔만 움직일 수 있어요. 오, 하느님! 저는 이제 죽습니다. 각오는 하고 있었지만 지금보다 더 아플 거라고 생각하면 참을 수가 없어요. 하지만 만일……

그다음에도 마르그리트는 뭔가 더 적으려고 한 것 같았지만 알아볼 수가 없었다. 그리고 쥘리 뒤프라의 글이 이어졌다.

2월 18일

뒤발 씨, 제가 이렇게 글을 쓰는 이유는 마르그리트가 더 이상 글을 쓸 수 없게 되면 제가 대신 써주기로 약속했기 때문입니다.

보드빌 극장에 다녀온 후 마르그리트의 병세는 급속히 악화되었습니다. 너무나 괴로워하는 모습을 곁에서 지켜보자니 제 마음도 찢어집니다. 이럴 때 당신이 곁에 있으면 얼마나 든든할까요? 마르그리트는 헛소리를 할 때나 제정신일 때나 늘 당신 이름만 부르고 있습니다.

병이 이렇게 악화되니 공작도 찾아오지 않습니다. 이런 불쌍한 모습을 차마 볼 수 없다고 의사 선생님에게 말했답니다.

뒤베르누아 부인이 보인 태도는 정말 섭섭했습니다. 마르그리트에게서 더 뜯어낼 것이 없다는 걸 알자 아예 병문안도 오지 않습니다. G 백작은 빚에 쪼들려 다시 런던으로 피신했습니다. 떠나실 때 우리에게 얼마라도 돈을 보태주셨으니 그분으로서는 최선을 다한 거지요.

또다시 채권자들이 나타났습니다. 그들은 마르그리트의 물건들을 빨리 경매에 내놓기 위해 그녀가 한시라도 빨리 죽기만을 바라는 자들입니다.

저는 변변찮은 재산으로라도 이번 차압을 막아보려 했습니다만 집행관이 말리더군요. 이번 차압에 나선 사람들 말고도 빚이 많으니 모든 걸 다 경매로 처분하고 유족에게 몇 푼이라

제18장

211

도 남기는 게 낫다고 말했습니다.

저는 지금 마르그리트 앞에서 이 글을 쓰고 있습니다. 죽음의 베일이 이미 두 눈에까지 드리웠는데도 그녀는 미소를 짓고 있습니다. 내가 당신에게 이렇게 글을 쓰는 걸 알면서, 자신의 모든 생각과 영혼을 당신께 바치고 있으니까요.

문이 열릴 때마다 마르그리트의 두 눈이 반짝 빛납니다. 당신이 오신 줄 아는 거지요. 하지만 당신이 아닌 걸 알면 다시 얼굴은 괴로운 표정으로 바뀌고 진땀을 흘립니다.

2월 19일, 심야

뒤발 씨, 오늘은 정말 슬픈 날이었습니다. 오늘 아침 마르그리트는 숨을 쉬지 못했습니다. 의사 선생님이 신부님을 부르자고 하셨고 잠시 후 신부님이 오셨습니다.

신부님이 십자가를 든 시종과 성구실 관리자와 함께 방으로 들어오시자 저는 무릎을 꿇었습니다. 신부님은 죽음을 앞둔 여인의 손발과 이마에 성유를 바르고 짧은 기도를 올리셨습니다. 마르그리트가 천국으로 떠날 준비가 다 된 것입니다. 그래요, 하느님께서 그녀가 살면서 겪은 시련, 그녀가 맞이한 깨끗한 죽음을 지켜보셨다면 분명 그녀를 천국으로 올려 보내주셨을 겁니다. 마르그리트는 한마디 말도 없었고 꼼짝도 하지 않았습니다. 힘겨운 숨소리조차 들리지 않았다면 누구나 그녀가 죽었다고 생각했을 것입니다.

2월 20일, 오후 5시

모든 것이 끝났습니다.

새벽 2시에 마르그리트는 임종을 맞이했습니다. 마르그리트는 두세 번 침대에 일어나 앉았습니다. 마치 승천하는 자신의 생명을 붙잡아두려는 것 같았습니다.

그리고 그녀는 두세 번 당신의 이름을 불렀습니다. 그런 후에 침대 위로 힘없이 쓰러지더니 소리 없이 눈물을 흘리며 숨을 거두었습니다. 제가 그 눈을 감겨주고 이마에 입을 맞추었습니다.

저는 고인이 부탁한 대로 옷을 곱게 입혀준 다음 생로슈성당으로 신부님을 맞이하러 갔습니다. 그리고 성당에서 한 시간동안 기도를 올렸습니다.

2월 22일

오늘 장례를 치렀습니다. 성당에는 그녀의 친구들이 많이 몰

제18장

213

려왔습니다. 그중에는 진심으로 눈물을 흘리는 사람들도 있었습니다. 그러나 장례 행렬이 몽마르트르 묘지를 향할 때는 겨우 두 사람만이 뒤를 따라왔을 뿐입니다. 런던에서 달려온 G 백작과 하인의 부축을 받아 걷고 있는 공작뿐이었습니다.

저는 마르그리트의 집으로 돌아와 눈물을 흘리며 이 글을 쓰고 있습니다. 제가 사는 동안 다시 이런 슬픈 일을 겪을 수 있을까요?

제19장

    내가 편지 겸 수기를 다 읽자 아르망이 다 읽었느냐고 물었다. 내가 그에게 말했다.

    "당신이 얼마나 괴로웠는지 충분히 알겠습니다. 여기 적힌 내용이 모두 진실이라면."

    "아버지께서 모든 것이 사실이라고 이미 말씀해주셨습니다."

    우리는 잠시 함께 이야기를 나누었다. 아르망은 모든 것을 다 털어놓은 뒤 오히려 기운이 좀 나는 것 같았다.

    그와 이야기를 나누고 나는 내 집으로 돌아가 잠시 휴식을 취한 후 다시 아르망에게 갔다. 그는 눈에 띄게 건강을 회복한 모습이었다. 우리는 함께 프뤼당스와 쥘리를 찾아가보기로 했다.

    프뤼당스는 파산했다. 마르그리트에게서 얼마든지 더 뜯어

내리라 작정하고 빚을 냈는데 갚을 길이 없었던 것이다. 그런데 그녀는 그 파산의 책임을 죽은 마르그리트 탓으로 돌렸다. 병든 마르그리트에게 돈을 빌려주었는데 그녀가 갚지 않고 죽어버렸다고, 영수증이나 차용증이 없어 받을 길도 없다고 떠들고 다닌 것이다. 아르망은 어처구니가 없었고 가증스러웠지만 그녀에게 1천 프랑을 주었다. 죽은 연인과 관련된 모든 일을 존중하고 싶었기 때문이었다.

이어서 우리는 쥘리 뒤프라를 찾아갔다. 그녀는 자기가 바로 곁에서 지켜본 사람의 마지막을 이야기해주며 눈물을 흘렸다.

우리는 함께 마르그리트가 묻혀 있는 무덤에도 가보았다. 상쾌한 4월의 햇살이 비치는 그녀의 무덤에 새싹이 돋고 있었다.

이제 아르망에게는 마지막 의무가 남아 있었다. 고향으로 돌아가서 아버지와 누이동생을 만나는 일이었다. 그는 나도 함께 가자고 청했고 나는 그것을 받아들였다.

아르망의 아버지는 기쁨의 눈물을 흘리며 아들을 맞았고 정다운 손길로 내 손을 잡았다. 이 세무서장의 크나큰 부성애를 그대로 느낄 수 있었다.

아르망의 누이 블랑슈는 순결의 상징 바로 그 자체였다. 눈에 한 점 그늘도 없는 그녀는 저 멀리 떨어진 곳에서 한 매춘부가 자신의 행복을 위해 희생했다는 사실을 모르고 있었다.

나는 얼마간 이 행복한 가족과 함께 지내다가 파리로 돌아왔다. 그리고 이 애절한 사연을 그대로 글로 옮기기로 작정했다.

나는 누군가를 미화하기 위해 이 이야기를 글로 쓰는 것이 아니다. 매춘부에 대한 편견을 고치기 위해 글로 쓰는 것도 아니다.

이유는 단 하나이다. 이 이야기는 매우 드문 아름다운 이야기이며, 그 모든 것이 오로지 진실이기 때문이다.

『라 트라비아타』를 찾아서

    알렉상드르 뒤마 피스(Alexandre Dumas fils, 1824~1895)의 『라 트라비아타』는 사랑의 위대함을 보여주는 애절한 사랑 이야기다. 그러나 사랑의 위대함으로 모든 것을 극복한 이야기가 아니라, 사랑의 위대함으로 모든 것을 희생한 이야기다. 사랑의 힘으로 현실적 온갖 장애를 뛰어넘은 이야기도 우리에게 감동을 주지만, 사랑하기 때문에 모든 것을 희생한 이야기, 사랑하기 때문에 그 사랑까지도 희생한 애절한 이야기는 우리에게 더 큰 감동을 준다. 우리는 그 감동을 보다 생생하게 느끼기 위해 우선 작가 '알렉상드르 뒤마 피스'에 대해 먼저 알아보기로 하자. 그럴 만한 이유가 있기 때문이다.

    작품 첫머리에서 화자는 '이 이야기는 실제로 있었던 일'이라고 밝히고 있다. 실제로 『라 트라비아타』는 작가가 실제로 겪었던 실화를 바탕으로 쓴 작품으로 알려져 있다. 그러니 작품을 보다 잘 감상하기 위해서는 작가에 대해 미리 상식을 갖추는 것이 도움이 될 수도 있다.

　'알렉상드르 뒤마'라는 이름을 여러분은 이미 잘 알고 있을 것이다. 『몽테크리스토 백작』과 『삼총사』 등의 작품으로 대중적인 인기를 얻은 것은 물론, 빅토르 위고와 쌍벽을 이루는 대문호로 대접받는 대작가가 바로 그 사람이다. '피스(fils)'는 프랑스어로 '아들'이라는 뜻이니까, '알렉상드르 뒤마 피스'라는 이름은 그가 '알렉상드르 뒤마'의 아들이라는 것을 알려준다.

　'뒤마 피스'는 아버지 뒤마의 사생아였다. 뒤마는 아직 이름을 날리기 전인 스물두 살 젊은 시절에 평범한 재봉사였던 벨기에 여자와 연애를 해서 아이를 낳는다. 하지만 그는 출세에 방해가 되는 아들을 외면해버리고 아들은 사생아로 유년기를 보낸다.

　뒤마가 뒤마 피스를 정식으로 아들로 인정한 것은 뒤마 피스가 일곱 살이 되던 1831년에 이르러서이며, 그때 이미 뒤마는 자신이 바라던 대로 유명 작가가 된 뒤였다. 사실 뒤마는 유명한 바람둥이로서 수많은 아들을 두었던 것으로 알려져 있다.

그중 뒤마 피스가 유일하게 아들로 공식 인정을 받은 것이니 어찌 보면 선택을 받았다고 보아도 된다.

뒤마 피스가 십대 후반의 청년이 되자 뒤마는 그에게 파리 사교계를 마음껏 즐기게 해주었다. 그곳에서 그는 발자크 등의 작가들, 리스트 등의 작곡가들을 비롯해 많은 예술가를 만날 수 있었고 바리에테 등의 극장을 출입하며 여배우들과도 사귈 수 있게 되었다.

그러던 어느 날 뒤마 피스는 한 여자에게 반해버린다. 하얀 옷을 입고 이탈리아제 모자를 쓴 채 어느 가게에 들어가 있던 여자였다. 그 아름다운 여인은 당시 파리의 화류계에서 명성을 떨치고 있던 마리 뒤플레시스였다. 뒤마 피스는 그녀와 1년 동안 사랑을 하다가 헤어진다. 그 뒤 마리는 작곡가 리스트와 사귀었으며 1846년에 어느 백작과 런던에서 비밀리에 결혼을 한다. 그리고 뒤마 피스가 실연의 아픔을 달래기 위해 아버지와 함께 스페인과 북아프리카로 여행하는 동안 그녀는 1847년 2월 스물세 살의 나이에 폐결핵으로 세상을 떠난다.

여행에서 돌아온 뒤마 피스는 시골에 틀어박혀 그의 첫 작품인 『라 트라비아타』를 한 달 만에 완성한다. 마리 뒤플레시스가 모델이었던 것은 물론이며, 실존 인물들을 작품에 과감하게 등

장시킨다. 『라 트라비아타』는 발표하자마자 선풍적 인기를 끌었고 뒤마 피스는 유명 작가의 반열에 오른다. 이 소설은 소설 자체로도 재미가 있지만 작품 속 등장인물이 실제로 누구를 말하는지 일반 대중들의 호기심을 크게 자극했고 그것이 이 작품의 인기에 크게 기여했다.

그 후 3년 뒤 뒤마 피스는 이 소설을 희곡으로 각색, 연극으로 무대에 올려 소설보다 더 큰 인기를 끌었으며 사실주의적인 새로운 근대극의 태동을 알린 것으로 간주되었다. 또한 당시 파리에 와 있던 이탈리아 작곡가 주세페 베르디가 이 연극을 보고 감동을 받았다. 베르디는 이 연극을 바탕으로 근대 오페라의 걸작 〈라 트라비아타〉를 만들었고, 원작과 함께 세계적 명성을 얻는다.

『라 트라비아타』를 쓴 이후에도 뒤마 피스는 많은 작품을 썼지만 대개 연극 작품 위주였고 비교적 호평도 받았다. 그는 연극 작품들을 통해 사회 모순을 파헤치고 사회의 기만과 위선을 폭로했다. 예술의 사회적 참여를 중시하는 실천적 예술인이 된 것이었다. 그러나 그 작품들은 오늘날 당대의 부르주아 도덕을 역설한 작품들 정도로 평가받고 있으며, 그의 이름 뒤에는 언제나 『라 트라비아타』라는 작품 이름만 뒤따르고 있으니 그의 첫 작품이 그의 유일한 걸작으로 남은 셈이다.

1895년 71세를 일기로 세상을 떠난 '뒤마 피스'는 수많은 저명인사가 묻혀 있는 몽마르트르 묘지에 묻힌다. 그런데 그의 묘지는 이미 오래전에 세상을 떠난 마리 뒤플레시스의 묘지 가까운 곳에 있다. 그는 러시아 귀족 출신으로서 두 아이를 남기고 반년 전에 죽은 아내 곁이 아니라 반세기 전에 세상을 떠난 고급 창녀 출신 옛 애인의 곁에 영원히 묻히고 싶어했던 것이다.

이제 우리는 굳이 『라 트라비아타』의 화자의 입을 빌리지 않더라도 이 소설이 작가의 실제 경험을 바탕으로 한 소설임을 알 수 있다. 그런데 그 경험은 일 년에 불과하고 작품을 쓰는 데 몰두한 기간도 한 달에 불과하다. 그런데도 왜 『라 트라비아타』는 그가 살았던 당대뿐 아니라 그가 죽은 후에도 여전히 사람들의 사랑을 받으며, 불후의 명작으로 인정을 받는 것일까? 답은 간단하다. 작가가 노인이 되어 죽음을 앞에 두고 옛 애인의 곁에 묻히길 원할 정도로 짧은 시간이었지만 강렬하고 애절한 사랑을 했기 때문이다. 그 사랑은 사랑이 실제로 이루어진 기간과는 아무 상관없이 영원하다. 그런 사랑을 해본 사람이든 해보지 않은 사람이든 『라 트라비아타』는 읽는 이의 심금을 울린다. 우리들 누구나의 마음속에는 그런 사랑을 해보고 싶은 간절한 꿈이 있기 때문이다. 그런 사랑을 향한 사람들의 꿈이 사라지지 않는 한, 『라 트라비아타』는 언제까지나 우리들의 사랑을 받을 것이며, 읽는 이를 그 애절한 사랑의 세계에 함께 뛰어들게 만들 것이다.

작품 속에서도 나오지만 『라 트라비아타』는 아베 프레보의 『마농 레스코』의 영향을 많이 받았다. 두 작품 모두 공통점이 있다. 주인공들이 현실적 장애를 뛰어넘는 사랑을 하다 결국은 좌절되는 이야기라는 점이다. 하지만 주인공들의 역할은 정반대다. 『마농 레스코』에서는 남자 주인공 데 그리외가 사랑을 위해 자신이 지닌 모든 것을 포기하고 감옥에도 가고 미국으로까지 간다. 하지만 『라 트라비아타』에서는 여주인공 마르그리트가 모든 것을 희생한다. 어느 희생이 더 어려운 희생인가? 사랑을 위해 자신의 신분과 미래를 모두 희생하는 것이 더 어려운가, 아니면 사랑을 위해 지금 자신이 누리고 있는 호사스러운 생활을 희생하는 것이 더 어려운가? 남자의 희생이 더 어려운가, 여자의 희생이 더 어려운가?
물론 답이 있을 수 없다. 사랑을 위해 모든 것을 다 버릴 수 있는 것이 남자인가? 아니면 여자의 희생을 강요하고 결국 뼈저리게 후회할 수밖에 없는 것이 남자인가? 사랑을 위해서라면 무엇이든 할 수 있는 것이 여자인가, 아니면 너무 사랑하기에 그 사랑까지 희생할 수 있는 것이 여자인가? 그 어떤 것이든 사랑은 해볼 만하다는 이야기를 할 수밖에 없다.

이 소설의 원제는 'La Dame aux camélias'다. 일반적으로 『춘희(椿姬)』나 『동백꽃 아가씨』로 옮겨져 있다. 하지만 이 책에서는 제목을 『라 트라비아타(타락한 여인)』로 정한다. 왜냐하면 〈라 트라비아타〉라는 오페라로 더 잘 알려져 있고, 그걸 따르는 것이 불필요한 혼란을 막을 수 있기 때문이다.

『라 트라비아타』는 연극과 오페라로 수없이 무대에 오른 바 있으며 최근에도 새롭게 각색되어 무대에 자주 오른다. 또한 1907년에 최초로 영화로 만들어진 이후 지금까지 20여 편의 영화로 제작되어 상영된 바 있다. 그 밖에도 텔레비전 드라마와 발레, 만화로 각색되어 사람들의 사랑을 받고 있다.

라 트라비아타(춘희)

생각하는 힘: 진형준 교수의 세계문학컬렉션 42

펴낸날	**초판 1쇄 2020년 3월 20일**

지은이	**알렉상드르 뒤마 피스**
옮긴이	**진형준**
펴낸이	**심만수**
펴낸곳	**(주)살림출판사**
출판등록	**1989년 11월 1일 제9-210호**

주소	**경기도 파주시 광인사길 30**
전화	**031-955-1350 팩스 031-624-1356**
홈페이지	**http://www.sallimbooks.com**
이메일	**book@sallimbooks.com**

ISBN	978-89-522-4200-6 04800
	978-89-522-3986-0 04800 (세트)

※ 값은 뒤표지에 있습니다.
※ 잘못 만들어진 책은 구입하신 서점에서 바꾸어 드립니다.

이 도서의 국립중앙도서관 출판시도서목록(CIP)은 서지정보유통지원시스템 홈페이지
(http://seoji.nl.go.kr)와 국가자료공동목록시스템(http://www.nl.go.kr/kolisnet)에서
이용하실 수 있습니다.(CIP제어번호: CIP2020010026)

책임편집	**유혜림**